10|18
12, avenue d'Italie — Paris XIIIe

Du même auteur
dans la collection 10/18

APPELLATION CONTRÔLÉE, n° 2476
LE PROFESSEUR, n° 2477
ADJUGÉ !, n° 2497
DANGER, n° 2498
LE BANQUIER, n° 2545
ÉCRAN DE FUMÉE, n° 2580
LA CASAQUE NOIRE, n° 2614
VOL DANS LE VAN, n° 2670
LA MORT AU PETIT TROT, n° 2716
EN SELLE POUR LA 3, n° 2753
PATATROT, n° 2780
A LA CRAVACHE !, n° 2842
FORFAITS, n° 2902

CHASSE AUX RATS

PAR

DICK FRANCIS

Traduit de l'anglais
par Simone HILLING

10|18

« Grands Détectives »
dirigé par Jean-Claude Zylberstein

Si vous désirez être régulièrement tenu au courant
de nos publications, écrivez-nous :

Éditions 10/18
c/o 01 Consultants (titre n° 2946)
35, rue du Sergent Bauchat
75012 Paris

Titre original :
Rat Race

ISBN 2-264-02692-8

CHAPITRE PREMIER

J'en pris quatre à White Waltham, dans le nouveau Cherokee Six 300, qui n'allait pas faire de vieux os. Les sièges bleus dégageaient encore une bonne odeur de cuir, et il n'y avait pas une égratignure sur le fuselage blanc et étincelant. Un bon petit avion, le peu qu'il dura.

Ils m'avaient demandé pour midi, mais ils étaient déjà dans le bar quand j'atterris à onze heures quarante. Trois whiskys doubles et une citronnade.

Pas difficiles à identifier : plusieurs imperméables jetés sur le dos des chaises, trois étuis à jumelles, deux exemplaires de *Sporting Life*, et une petite selle de course. Les quatre passagers, debout, étaient groupés de cette façon particulière qui révèle les gens réunis par les affaires plutôt que par des affinités électives. Ils ne se parlaient pas, mais il était manifeste qu'ils venaient de le faire. L'un d'eux, un costaud, avait l'air furax. Le plus petit, de toute évidence un jockey, était raide et congestionné. Les deux autres, un homme âgé et une femme d'âge mûr, fixaient le vide de cet air buté qui indique invariablement la tempête sous un crâne.

Je traversai le grand salon de réception et, parvenu devant le groupe, je demandai à la ronde :

— Major Tyderman ?

Le vieux qui répondit « Oui ? » ne devait pas tenir son titre de major de la veille. Il était plus près des soixante-dix ans que des soixante, mais avec un petit corps énergique, une petite moustache agressive, de petits yeux incisifs et des cheveux poivre et sel soigneusement ramenés sur sa calvitie. Il portait sa tête comme le Saint-Sacrement avec le menton fermement rentré dans le cou. Tendu, très tendu. Et avec ça, méfiant et jetant sur le monde entier des regards soupçonneux.

Il portait un costume d'été chiné, dont la coupe rappelait vaguement ses origines militaires et, au contraire des autres, il n'avait pas remisé ses jumelles qu'il portait en bandoulière, l'étui sur l'estomac comme un bouclier. Des tas de badges de clubs, en métal et carton peint, pendaient des deux côtés.

— Votre avion est prêt, major, dis-je. Je me présente : Matt Shore... C'est moi, votre pilote.

Il regarda par-dessus mon épaule, cherchant quelqu'un d'autre.

— Où est Larry ? demanda-t-il brusquement.

— Il est parti, dis-je. Il a trouvé un emploi en Turquie.

Comme mû par un déclic, le regard du major revint se poser sur moi.

— Vous êtes nouveau, dit-il d'un ton accusateur.

— Oui, acquiesçai-je.

— J'espère que vous connaissez le chemin.

Il parlait sérieusement.

— Je ferai de mon mieux.

Le deuxième passager, la femme à la gauche du major, dit sans ambages :

— La dernière fois que j'ai pris l'avion pour aller aux courses, le pilote s'est perdu.

Je la regardai en lui décochant mon sourire le plus encourageant.

— La météo est assez bonne aujourd'hui pour qu'il n'y ait rien à craindre de ce côté.

Ce n'était pas vrai. On avait annoncé des cumulus, pour cet après-midi de juin. Et n'importe qui peut se perdre si le temps se gâte. A sa façon de me regarder, je compris que mes grimaces ne lui faisaient pas illusion et qu'elle n'avait pas besoin qu'on la rassure. Elle avait la cinquantaine, l'air fragile, les cheveux grisonnants coupés à l'oreille avec une frange bien carrée sur le front, deux yeux bruns et doux sous des sourcils bien fournis, et une bouche qui semblait aimable, et pourtant, ses gestes, toute son attitude, étaient empreints de l'aisance que donne l'autorité d'un grade bien supérieur à celui de major. C'était la seule qui n'avait pas l'air contrarié.

Entre-temps, le major avait regardé sa montre.

— Vous êtes en avance, dit-il. On a le temps de prendre encore un verre.

Il se tourna vers le barman, commanda la même chose pour tout le monde, puis, comme se ravisant, se tourna vers moi :

— Vous prenez quelque chose ?

Je secouai la tête :

— Non, merci.

La femme dit avec indifférence :

— Pas d'alcool huit heures avant un vol, c'est bien la règle ?

— Plus ou moins, acquiesçai-je.

Le troisième, le gros qui avait l'air furax, regarda d'un air morose le barman qui poussait deux fois le bouchon mesure de la bouteille de Johnnie Walker.

— Huit heures. Grands dieux ! s'exclama-t-il.

Il avait bien l'air d'un type qui ne laisse jamais passer huit heures sans s'en jeter un. Son nez bulbeux, ses joues couperosées et sa brioche soufflée avaient dû lui coûter pas mal en impôts indirects.

L'atmosphère du début commençait à se dégeler. Le jockey sirotait sa limonade basses calories, et la rougeur de ses joues disparut, tandis que son cou se colorait légèrement. Il avait dans les vingt et un, vingt-deux ans, des cheveux blond-roux, une petite carrure et la peau douce. Pas de problèmes de poids, pensai-je. Pas de déshydratation. Il a de la chance.

Le major et le furax burent cul sec, marmonnèrent quelque chose d'inintelligible, et se retirèrent aux toilettes. La femme lorgna le jockey, et dit, d'un ton plus amical que ses paroles :

— Vous avez perdu l'esprit, Kenny Bayst ? Si vous continuez à contrarier le major Tyderman, vous serez bientôt au chômage.

Kenny Bayst me regarda, puis détourna les yeux en pinçant les lèvres. Il posa sa citronnade sur la table, et prit l'un des imperméables et la selle.

— Où est l'avion ? me demanda-t-il. Je vais ranger mes affaires.

— La soute à bagages est fermée, dis-je. Je viens avec vous.

Je dis à la femme :

— Je peux prendre votre manteau ?

— Merci.

Elle me montra celui qui ne pouvait être que le sien, un truc luisant, couleur rouille, avec des boutons en cuivre. Je le pris, de même que les jumelles de professionnel qui étaient posées dessus, et je sortis derrière Kenny Bayst. Il partit au pas de charge, l'air excédé, puis explosa :

— C'est quand même trop facile de toujours engueuler celui qui est aux commandes, nom de Dieu !

— On s'en prend toujours au pilote, dis-je doucement. C'est la vie.

— Ah ! ouais. C'est bien vrai.

Nous atteignîmes le bout de l'allée et nous nous engageâmes sur l'herbe. Il continuait à suer la rage par tous les pores. Moi, ça me laissait froid.

— Au fait, dis-je, comment s'appellent mes autres passagers ? A part le major, bien sûr.

Il tourna la tête, l'air stupéfait.

— Vous ne la connaissez pas ? Notre chère Annie Villars ? Elle a l'air d'une bonne grand-mère comme ça, mais elle a une langue à écorcher un kangourou tout vif. Tout le monde connaît notre chère petite Annie.

Son ton était amer et désillusionné.

— Je ne connais pas grand-chose aux courses, dis-je.

— Ah, non ? Ben, elle est entraîneur. Et elle connaît son boulot, on ne peut pas lui retirer ça, sinon je ne resterais pas avec elle. Pas avec la langue qu'elle a. Faut voir comme elle vous remue les lads, à l'entraînement ! Elle a un vocabulaire à faire rougir un adjudant de carrière. Mais douce comme le miel avec les propriétaires. Ils viennent tous manger dans sa petite main.

— Les chevaux aussi ?

— Hein ? Ah, les chevaux... Oui, ils l'adorent. Elle monte comme un jockey, aussi, quand elle est en forme. Plus tellement maintenant. Ça doit être l'âge. N'empêche qu'elle connaît la musique. Elle sait ce qu'un cheval peut faire ou ne pas faire, et c'est le principal, dans ce métier.

Sa voix exprimait la rancune et l'admiration en parts à peu près égales.

— Et l'autre, le gros, comment il s'appelle ?

Cette fois-ci, il n'y avait plus que la rancune. Et pas la moindre admiration. Il cracha le nom, syllabe par syllabe, en retroussant les lèvres comme pour ne pas les salir.

— M. Eric Goldenberg.

S'étant débarrassé du nom, il pinça les lèvres, ruminant encore ce que son patron lui avait dit. Nous arrivâmes à l'avion et nous rangeâmes les affaires dans l'espace réservé aux bagages, derrière les sièges du fond.

— On s'arrête d'abord à Newbury, hein ? demanda-t-il. Pour prendre Colin Ross ?

— Oui.

Il me lança un regard sardonique.

— Colin Ross, vous devez *quand même* en avoir entendu parler.

— Oui, acquiesçai-je. Pour ça, oui.

Difficile de ne pas avoir entendu parler de Colin Ross, vu qu'il était deux fois plus célèbre que le Premier ministre et gagnait six fois plus. Son visage souriait sur la moitié des affiches anglaises, exhortant les gens à boire du lait, et il était le sujet d'une bande dessinée dans les journaux pour enfants. Il aurait fallu être sourd, aveugle et idiot pour ne pas avoir entendu parler de Colin Ross.

Kenny Bayst monta par la porte arrière et s'installa sur l'un des deux sièges du fond. J'inspectai rapidement l'extérieur de l'avion, bien que j'eusse fait une vérification complète de tout l'appareil moins d'une heure plus tôt, avant de quitter ma base. C'était ma première semaine, mon quatrième jour, et mon troisième voyage pour les Taxis du Ciel Derrydowns, et vu la façon dont le Destin m'avait maltraité par le passé, je ne voulais prendre aucun risque.

Tous les écrous étaient bien serrés, tous les rivets présents sur le petit avion à six places. Il y avait huit litres d'huile où ils devaient être, aucun oiseau mort ne bouchait les prises d'air du moteur, pas de trous dans les pneus, pas de fêlures dans les lumières rouges et vertes du tableau de bord, l'hélice n'était pas ébréchée, les antennes n'étaient pas détachées, et le capot bleu pâle du moteur était solidement fixé.

Le temps que je finisse, et les trois autres passagers se dirigeaient vers nous. Goldenberg faisait la conversation, toujours fulminant par tous les pores, tandis que le major, d'un air malheureux, acquiesçait à petits signes saccadés, et qu'Annie Villars faisait celle qui écoutait. Quand ils arrivèrent à portée de voix, Goldenberg disait :

— ... peut pas monter le cheval à moins qu'on soit sûrs...

Mais il s'interrompit brusquement quand le major me montra d'un geste vif. Il avait tort de s'en faire pour moi. Leurs affaires ne m'intéressaient pas.

Suivant le principe qui veut que, dans un avion léger, le centre de gravité soit aussi près que possible de l'avant, je demandai à Goldenberg de s'asseoir à ma droite, j'attribuai les deux sièges du centre au major et à Annie Villars, laissant Kenny au fond, avec un siège vide pour Colin Ross. On gagnait les quatre sièges arrière par la porte de côté, mais Goldenberg dut entrer par la porte avant, après avoir grimpé sur l'aile droite. Il attendit que je sois installé, puis il introduisit péniblement sa grosse carcasse par la porte, et se laissa lourdement tomber sur son siège.

C'étaient de vieux habitués des taxis aériens : ils avaient tous fini de boucler leur ceinture avant moi, et quand je me retournai pour voir ce qu'ils allaient faire, le major était déjà plongé dans *Sporting Life*, tandis que Kenny Bayst se nettoyait les ongles à petits coups de couteau rageurs.

La tour de contrôle me donna le feu vert, et je décollai pour ma première étape de trente kilomètres. Le taxi aérien, c'est très différent des lignes régulières, et il me semblait beaucoup plus difficile de trouver un champ de courses que de me laisser tranquillement diriger au radar. Je n'avais jamais piloté personne pour aller aux courses, et j'avais demandé des tuyaux à mon prédécesseur Larry, le matin même, quand il était venu chercher ses cartes.

— Newbury ? Un jeu d'enfant, m'avait-il dit d'un ton désinvolte. Tu pointes ton zinc en direction de la grande piste que les Yankees ont construite à Greenham Common. Elle doit bien se voir depuis l'Ecosse. Le champ de courses est juste au nord, et la piste est parallèle aux barrières blanches de la ligne droite, avant le poteau d'arrivée. Ça se voit comme le nez au milieu de la figure. Et une bonne piste, bien longue. Aucun problème. Pour Haydock, c'est juste à l'endroit où la route M 6 croise la route d'East Lancs. Du gâteau.

Lui, il partait pour la Turquie. Il s'arrêta sur un pied pour me donner un dernier conseil sur le seuil.

— Avant d'aller à Bath, tu ferais bien de t'entraîner à atterrir court ; et évite Yarmouth les jours de grosse chaleur. Maintenant, à toi de jouer, mon vieux, et bonne chance.

C'est vrai qu'on voyait Greenham Common de loin, mais, par une belle journée, il aurait quand même été difficile de se perdre de White Waltham à Newbury : il n'y avait qu'à suivre la ligne de chemin de fer, qui allait tout droit de l'une à l'autre. Tous mes passagers étaient déjà allés en avion à Newbury, et le major m'avertit obligeamment de faire attention aux lignes électriques aux approches de la piste. On atterrit en douceur sur l'herbe fraîchement tondue, et on continua à rouler sur la piste jusqu'aux tribunes, freinant juste avant la barrière.

Colin Ross n'était pas là.

Je coupai le moteur, et, dans le brusque silence, Annie Villars remarqua :

— Il sera forcément en retard. Il m'a dit qu'il montait pour Bob Smith, et Bob ne sort jamais ses chevaux à temps.

Les trois autres opinèrent du chef ; mais ils n'étaient toujours pas d'humeur causante, et, au bout de cinq minutes d'un silence pesant, je demandai à Goldenberg de me laisser sortir pour me dégourdir les jambes. Il grogna, grommela qu'il serait obligé de sortir sur l'aile pour me laisser passer, et j'en conclus que j'étais en train de transgresser la première règle de Derrydowns : ne jamais incommoder le passager, car on aura encore besoin de lui.

Pourtant, dès que je fus débarrassé de leur compagnie, ils se mirent à parler. J'allai à l'avant de l'avion, m'appuyai contre l'aile, et regardai les nuages parsemés dans le ciel gris-bleu, en pensant à tout et à rien. Derrière moi, le ton s'élevait, plein d'acrimonie, et quand ils ouvrirent la porte pour avoir un peu d'air, des bribes de conversation me parvinrent.

Annie Villars :

— ... simplement demander un contrôle antidoping.

Goldenberg :

— ... si vous ne pouvez pas perdre mieux que la dernière fois... trouvez autre chose.

Major Tyderman :

— ... position très délicate...

Intervention cassante de Kenny, suivie d'une exclamation exaspérée d'Annie Villars :

— Bayst !

Le major, d'un ton très emphatique :

— ... pas vous payer plus que la dernière fois.

Protestation inintelligible de Kenny, et réaction violente de Goldenberg :

— ... faire retirer ta licence.

Kenny, mon vieux, pensai-je, si tu ne fais pas attention, tu finiras comme moi, avec ta licence, mais pas grand-chose pour aller avec.

Une vieille Ford longea les tribunes, franchit la barrière et vint vers nous en cahotant sur l'herbe. Elle s'arrêta à quelques mètres, et deux hommes en descendirent. Le plus grand, qui conduisait, alla sortir du coffre un sac de voyage en cuir et toile. Le plus petit s'approcha. Je me redressai. Il s'arrêta à quelques pas, attendant que l'autre le rejoigne. Il portait un blue-jean délavé et un sweater en coton jaunâtre à lisérés bleu marine. Des pieds très minces chaussés de tennis noirs. Des cheveux châtains couronnaient un front exceptionnellement haut. Il avait le nez court et droit, et un menton délicat et féminin. Son squelette était très menu ; quant à sa taille et ses hanches, elles auraient fait le désespoir d'une élégante fin de siècle. Pourtant, il y avait en lui quelque chose d'incontestablement masculin ; mieux, il avait l'air mûr. Il me regardait avec cette petite lueur dans les yeux qui est le signe distinctif de ceux qui connaissent la vie. Son âme était vieille. Il avait vingt-six ans.

— Bonjour, dis-je.

Il me tendit la main, que je serrai. Une poignée de main brève et ferme.

— Larry n'est pas là ? demanda-t-il.

— Non, il est parti. Je m'appelle Matt Shore.

— Parfait, dit-il sans se compromettre.

Il ne se présenta pas. Il savait que ce n'était pas nécessaire. Je me demandai quel effet ça devait faire d'être dans sa situation. Colin Ross, lui, n'en semblait pas affecté. Il n'avait pas cet air « m'as-tu vu » qui flotte autour des célébrités, et par ses vêtements plus que simples, j'en conclus qu'il évitait soigneusement d'attirer l'attention.

— On est en retard, j'en ai peur, dis-je. Il va falloir mettre les gaz.

— J'ai fait mon possible...

L'autre arriva avec le sac, que je mis dans le coffre à bagages, entre le moteur et l'avant de la cabine. Le temps que je ferme à clé, Colin Ross avait déjà trouvé son siège et bouclé sa ceinture. Goldenberg se déplaça de nouveau avec force grognements pour me laisser passer. Celui qui restait, et qui devait être Bob Smith, l'entraîneur-toujours-en-retard, fit ses adieux aux passagers, et nous regarda rouler jusqu'au bout de la piste pour tourner avant de décoller.

Le vol fut sans histoire : je naviguai suivant les indications des radiophares de Daventry, Lichfield et Oldham. La tour de contrôle de Manchester nous fit passer au nord de leur zone, de sorte que je dus mettre le cap au sud pour rejoindre le champ de courses de Haydock. Et c'était bien comme Larry avait dit, juste près de l'échangeur des deux routes géantes. On atterrit, et je roulai encore un peu, m'arrêtant à l'endroit que m'indiqua le major, près de la barrière de l'hippodrome, à une centaine de mètres des tribunes.

Les passagers descendirent avec leurs bagages, et Colin Ross regarda sa montre. Un petit sourire flotta sur ses lèvres et disparut aussitôt. Il ne fit pas de commentaire. Il dit simplement :

— Vous venez voir les courses ?

Je secouai la tête.

— Non, je crois que je vais rester ici.

— Je vais dire à l'entrée qu'on vous laisse passer, si vous changez d'avis.

— Merci, dis-je, très étonné. Merci beaucoup.

Il me fit un bref signe de tête et partit sans attendre les autres, se baissant pour passer sous la barrière blanche, et traversant la piste.

Je poussai un soupir, fermai à clé le coffre à bagages et remis la cabine en ordre. Annie Villars avait fumé des petits cigares. Goldenberg avait sucé des bonbons digestifs, et jeté les papiers par terre. Le *Sporting Life* du major traînait près d'eux.

Pendant que je faisais le ménage, deux autres avions atterrirent, un Cessna à quatre places, et un bimoteur Aztec à six places.

Je les regardai toucher terre d'un œil indifférent, quoique j'eusse décerné une médaille d'or au pilote de l'Aztec pour son double rebondissement. Ils dégorgèrent plusieurs petits hommes qui se précipitèrent vers le paddock comme un vol de moineaux. Ils étaient suivis de trois ou quatre hommes plus grands, qui portaient en bandoulière des jumelles et des sacoches, dont j'appris plus tard qu'elles contenaient les casaques et les toques. Enfin, de chacun des avions émergea le plus indolent de ses passagers, un homme habillé à peu près comme moi, pantalon noir, chemise blanche et cravate noire impeccables.

Ils s'approchèrent l'un de l'autre et allumèrent une cigarette. Au bout d'un moment, pour ne pas avoir l'air d'un sauvage, je m'avançai vers eux. Ils se retournèrent pour me regarder venir, visages de bois, sans un sourire.

— Salut, dis-je avec un enthousiasme modéré. Il fait beau.

— Peut-être bien, dit l'un.

— Vous croyez ? dit l'autre.

Ils me regardèrent avec des yeux de poissons morts, et ne m'offrirent pas de cigarette. J'étais endurci à ce genre de chose. Je me détournai d'eux à demi et regardai le nom de leur compagnie, peint sur la queue de leurs avions. Services Polyphanes.

Je remontai dans mon Cherokee, et mis de côté les cartes et les plans de vol dont j'avais besoin pour le retour. J'avais quatre heures devant moi, et ça ne me prit que dix minutes. Après ça, je me demandai si j'irais à la buvette me chercher quelque chose à manger, mais je m'aperçus que je n'avais pas faim. Puis je me mis à bâiller. C'était une habitude.

Il y eut comme un petit choc le long du fuselage, puis le bruit de quelqu'un qui monte sur l'aile. Quelqu'un poussa la porte qui s'ouvrit toute grande, et dans l'encadrement apparut une jeune fille, pliant les genoux, courbant la taille et le cou pour voir à l'intérieur.

Elle était mince, avec des cheveux noirs, et avait des lunettes de soleil carrées. Elle portait une robe en toile bleue et de hautes bottes blanches. Elle était terrible. L'après-midi s'annonçait déjà mieux.

— Espèce d'infect salopard ! dit-elle.

Décidément, ce n'était pas mon jour.

CHAPITRE II

— Zut, dit-elle. C'est pas le bon.

Elle ôta ses lunettes et les rangea dans un sac blanc qu'elle portait sur l'épaule par une courroie tressée tricolore.

— Ça ne fait rien.

— Où est Larry ?

— Parti pour la Turquie.

— Parti ? dit-elle, atterrée. Vous voulez dire qu'il est déjà parti, ou qu'il a seulement l'intention de partir ?

Je consultai ma montre.

— Il a décollé de Heathrow il y a vingt minutes.

— Merde ! dit-elle avec force. Merde de merde.

Elle se redressa, de sorte que je ne la voyais plus qu'à partir de la taille. Vue assez agréable pour un pauvre aviateur. Les jambes avaient dans les vingt-trois ans, et ne laissaient rien à désirer.

Elle se courba de nouveau. Le reste ne laissait rien à désirer non plus.

— Quand est-ce qu'il reviendra ?

— Il a un contrat de trois ans.

— Oh, non !

Elle me regarda quelques secondes d'un air consterné, puis ajouta :

— Est-ce que je peux m'asseoir à côté de vous pour bavarder cinq minutes ?

— Bien sûr.

Je débarrassai le siège de Goldenberg de mes cartes, et elle se glissa dans le cockpit comme quelqu'un qui n'en est pas à son premier essai.

Je me posai des questions sur Larry. Veinard de Larry.

— Il ne vous a pas donné... un paquet... quelque chose... à me remettre ? demanda-t-elle d'un air lugubre.

— Non, je regrette.

— Alors, c'est vraiment un salaud. C'est un ami à vous ?

— Je l'ai vu deux fois.

— Il m'a fauché cent tickets, dit-elle d'un ton amer.

— Il vous a...

— Comme je vous le dis. Sans parler de mon sac, de mes clés et de tout le reste.

Elle s'arrêta, pinçant les lèvres de colère. Puis elle ajouta :

— J'avais oublié mon sac dans l'avion il y a trois semaines, quand on est allés à Doncaster. Et depuis, Larry a dit je ne sais pas combien de fois qu'il l'apporterait la prochaine fois qu'il aurait un vol pour les courses, qu'il le remettrait à Colin, et depuis trois semaines, il oublie tout le temps. Je suppose qu'il savait qu'il allait partir pour la Turquie, et il a dû se dire que s'il pouvait faire traîner les choses, il n'aurait jamais à me rendre mon sac.

— Colin... Colin Ross ? demandai-je.

Elle hocha la tête d'un air absent.

— C'est votre mari ?

Elle eut l'air stupéfait, puis éclata de rire.

— Grands dieux, non. C'est mon frère. Je viens de le voir dans le paddock. Je lui ai dit : « Est-ce qu'il m'a rapporté mon sac ? », et il a secoué la tête et a commencé à me dire quelque chose, mais j'étais tellement furieuse que je me suis précipitée ici sans même l'écouter. Il devait vouloir me dire qu'aujourd'hui, ce n'était pas Larry le pilote... Oh, merde, j'ai horreur qu'on me vole ! S'il avait tellement besoin d'argent, Colin lui aurait bien prêté cent tickets. Il n'avait pas besoin de les faucher.

— Ça faisait une grosse somme à promener dans un sac, suggérai-je.

— Colin venait juste de me les donner, vous comprenez. Un propriétaire venait de lui donner une récompense énorme en liquide, et il m'a filé cent tickets pour payer une facture, ce qui est drôlement gentil de sa part. Je ne peux quand même pas m'attendre à ce qu'il m'en donne cent autres simplement parce que j'ai été assez idiote pour laisser traîner les premiers...

Sa voix mourut, accablée.

— La facture, ajouta-t-elle mi-figue, mi-raisin, c'est des leçons de pilotage.

Je la regardai avec intérêt.

— Où en êtes-vous ?

— Oh, j'ai ma licence, dit-elle. Ça, c'était pour des leçons de vol aux instruments, radio-navigation et tout le toutim. Je totalise quatre-vingt-quinze heures de vol. Malheureusement, étalées sur quatre ans.

Ça la plaçait dans la catégorie des débutants expérimentés, la plus dangereuse. Après quatre-vingts heures de vol, les pilotes pensent tous qu'ils en savent assez. Au bout de cent heures, ils sont sûrs du contraire. Entre les deux, le pourcentage d'accidents est au maximum.

Elle me posa plusieurs questions sur l'avion, auxquelles je répondis.

— Bon, dit-elle à la fin, ça ne sert à rien de passer tout l'après-midi assis là-dedans.

Elle commença à se soulever de son siège pour passer sur l'aile.

— Vous ne venez pas voir les courses ?

— Non, dis-je en secouant la tête.

— Allons, dit-elle. Venez.

Le soleil brillait, et elle était très jolie. Je souris.

— Bon, O.K. !

Et je sautai à terre. Il ne servirait à rien, maintenant, de faire des spéculations sur le cours qu'auraient pris les événements si j'étais resté où j'étais. Je pris ma veste dans le coffre, fermai toutes les portes à clé, et la suivis. A la porte, le préposé me laissa entrer dans le paddock, et la sœur de Colin Ross parut bien décidée à ne pas me laisser livré à moi-même.

La sœur de Colin Ross...

— Vous avez un nom ? demandai-je.

— Souvent.

— Merci.

Elle se mit à rire.

— Je m'appelle Nancy. Et vous ?

— Matt Shore.

— Hum. Un nom dur. Il vous va bien.

Les jockeys s'élancèrent comme des confettis, atterrirent sur leurs selles, et leurs montures lustrées galopèrent vers les pistes. Des deux ans, m'informa Nancy.

Nous revînmes aux tribunes, et elle proposa de me faire entrer en douce dans la tribune des « Propriétaires et entraîneurs ». Au pied de l'escalier, le gros préposé lui adressa un sourire qui lui faisait le tour de la tête, et il en oublia de me demander ma carte d'entrée.

Dans la tribune, tout le monde semblait connaître Nancy. Elle me présenta à plusieurs personnes dont l'intérêt pour moi tomba comme un soufflé dans un courant d'air quand elles s'aperçurent que je ne comprenais rien à leurs paris d'ouverture.

— Il est aviateur, dit Nancy pour me faire pardonner. C'est lui qui a piloté Colin, aujourd'hui.

— Ah ! firent-ils. Ah !

Deux de mes passagers étaient là. Annie Villars inspectait les chevaux au passage, l'œil incisif et la bouche pincée. Sa façade de féminité s'était complètement écroulée. Le major Tyderman, solidement planté sur ses pieds écartés, menton fermement rentré dans le cou, griffonnait des notes sur son programme. Il nous vit quand il leva la tête, et se dirigea vers nous.

— Dites-moi... commença-t-il.

Puis il s'aperçut qu'il avait oublié mon nom.

— Est-ce que je n'aurais pas laissé mon *Sporting Life* dans l'avion, par hasard ?

— Oui, major.

— Zut ! dit-il. J'avais écrit dessus quelques notes... Il me le faut absolument. J'irai le chercher après cette course.

— Voulez-vous que j'y aille ? demandai-je.

— Trop aimable, mon garçon. Mais... non... je ne peux pas vous demander ça. Ça me fera du bien de marcher un peu.

— L'avion est fermé, major, dis-je. Vous aurez besoin des clés.

Je les sortis de ma poche et les lui tendis.

— Bien, dit-il avec un hochement de tête un peu raide. Parfait.

La course commença et se termina bien avant que j'aie réussi à distinguer les couleurs de Colin Ross. Pourtant, ce n'était pas difficile. Il avait gagné.

— Comment va Midge ? demanda Annie Villars en remettant ses jumelles géantes dans leur étui.

— Beaucoup mieux, merci. Elle se remet magnifiquement.

— J'en suis heureuse. La pauvre petite, ça n'a pas été drôle.

Nancy hocha la tête en souriant, et tout le monde descendit l'escalier en cohortes pressées.

— Et maintenant, dit Nancy, si on allait prendre un café et manger un morceau ?

Le bar n'était qu'à moitié plein, mais un individu aux épaules impressionnantes et au fort accent australien accaparait l'attention de presque tout le monde. Il avait une jambe dans le plâtre, un plâtre tout neuf, semblait-il, et une paire de béquilles dont il ne savait pas encore bien se servir. Son gros rire dominait le bourdonnement des conversations tandis qu'il s'excusait sans cesse de se cogner contre les gens.

— J'ai pas encore le coup de main pour me servir de ces engins-là.

L'Australien se mit à expliquer son état à deux auditeurs de bonne volonté.

— Je peux pas dire que je regrette de m'être cassé la cheville. C'est bien le meilleur placement que j'aie jamais fait de ma vie.

Son gros rire contagieux s'éleva de nouveau, et la plupart des gens se mirent à sourire.

— J'avais juste payé ma prime la semaine d'avant, et voilà que je tombe dans l'escalier. J'ai touché une brique. C'est pas des haricots, ça, hein ? Une bonne petite brique pour m'être cassé la gueule dans l'escalier.

Et il éclata d'un rire énorme.

— Allez, les enfants, dit-il. Buvez votre coup, et allons investir un peu de cette manne céleste dans mon grand ami Kenny Bayst.

Je sursautai et regardai ma montre. Presque trois heures et demie. Il était clair que Kenny Bayst n'avait pas averti son grand ami de ne pas jouer. Ça ne me regardait pas. Et l'avertir moi-même était bien la pire crasse que j'aurais pu faire à Kenny Bayst.

Le large Australien s'éloigna du bar, suivi de ses deux acolytes.

Nancy dit qu'elle tenait particulièrement à bien voir cette course.

En lorgnant sur son programme, j'appris que Kenny Bayst montait un cheval nommé Rudiments ; numéro sept ; propriétaire le duc de Wessex ; entraîneur, miss Villars. Casaque et toque vert olive et argent. Je regardai le cheval passer devant la tribune, foulant l'herbe vert olive, et me dis que le duc de Wessex avait choisi des couleurs aussi faciles à distinguer sur un champ de courses que du charbon dans une nuit noire.

Je demandai à Nancy :

— Qu'est-ce que Rudiments a fait dans sa dernière course ?

— Hein ? dit-elle d'un air absent, toute son attention accaparée par la silhouette rose et blanche de son frère. Rudiments ?

— Oui. Et c'est aussi moi qui ai amené Kenny Bayst et Annie Villars jusqu'ici.

— Oh ! Je comprends.

Elle consulta son programme.

— La dernière fois... il a gagné. La fois d'avant, il a gagné aussi. Avant ça, il a fait quatrième.

— Alors, c'est un bon cheval ?

— Assez, j'ai l'impression.

Elle plissa son petit nez en me regardant.

— Je vous avais bien dit que vous vous prendriez au jeu.

Je secouai la tête :

— Simple curiosité.

— C'est la même chose.

— Il est favori ?

— Non, c'est Colin. Mais... regardez donc là-bas, sur le grand tableau... vous voyez ? Le « Tote » donne Rudiments second favori, à trois contre un.

— Ah ! bon... Et il n'y a que les bookmakers qui peuvent prendre des paris ?

— Non, n'importe qui peut le faire. Disons que les bookmakers donnent trois contre un, et que vous, pensant que le cheval perdra, vous disiez à vos amis : « Je vous donne quatre contre un » ; c'est à vous qu'ils donneront leurs paris, parce que vous offrez davantage. Et aussi parce qu'ils n'auront pas de taxe de jeu à payer, puisque ce sera une transaction privée.

— Et si le cheval gagne, je devrai payer.

— Et comment !

— Je comprends, dis-je.

Et je comprenais. Eric Goldenberg avait pris des paris sur Rudiments lors de sa dernière course, parce que Kenny Bayst avait promis de perdre, puis il s'était lancé, et il avait gagné. Ils étaient encore à couteaux tirés à cause de ça, et aujourd'hui, ils s'étaient disputés pour savoir s'ils remettraient ça ou non.

— Colin pense qu'il va gagner cette course, dit Nancy. Je l'espère.

Coup de pot pour Bayst, pensai-je.

C'était une course de mille quatre cents mètres. Les chevaux s'élancèrent, et atteignirent une vitesse de quarante-cinq à l'heure en un temps qui aurait laissé une Porsche sur place. Quand ils attaquèrent le virage à l'autre bout de la piste, je ne voyais toujours pas Rudiments, et jusqu'aux derniers cent mètres, je ne l'aperçus pas une seule fois. Et puis, tout d'un coup, il fut là, coincé à la corde dans le peloton, et incapable de doubler Colin Ross, juste devant lui.

Kenny ne trouva pas d'ouverture. Il finit troisième, derrière Colin Ross, et un cheval gris pommelé qui était à côté de lui.

— Ce n'était pas formidable ? s'exclama Nancy à la cantonade.

Une femme qui se trouvait à côté d'elle acquiesça et lui demanda des nouvelles de sa sœur Midge.

— Oh, elle va bien, merci, dit Nancy.

Elle se tourna vers moi, et il y avait moins de joie dans ses yeux que dans sa voix.

— Venez par ici, dit-elle. Vous les verrez desseller le gagnant.

» Est-ce que vous pouvez me rendre un service ? me demanda-t-elle au bout d'un moment. Je passe encore quelques jours ici chez une tante, mais ce matin, j'ai apporté un cadeau pour Midge, et je l'ai donné à Colin pour qu'il le lui rapporte à la maison. Mais Colin a une cervelle comme une passoire, pour tout ce qui n'est pas les chevaux. Alors, avant de décoller, vous voudrez bien vous assurer qu'il ne l'a pas oublié au vestiaire ?

— Comptez sur moi. Votre sœur a été malade ?

Elle leva les yeux vers le ciel ensoleillé, puis les baissa, et me regarda enfin droit dans les yeux. Je vis alors, en un éclair bouleversant, tout le chagrin et les lézardes qui craquelaient son masque de bonheur.

— Elle a été malade. Et elle ne guérira pas, dit-elle. Elle est leucémique.

Il y eut un silence ; elle avala sa salive, et ajouta ces mots insoutenables :

— Nous sommes jumelles.

CHAPITRE III

Nancy dit qu'elle avait soif et qu'elle boirait bien un Coca-Cola. Et comme elle avait l'air de vouloir que je ne la quitte pas d'une semelle, je ne la quittai pas.

L'Australien était revenu. Auditoire différent. Même histoire. Sa grosse voix joyeuse emplissait la petite salle du bar, et se répercutait à l'extérieur, dans le grand hall.

— On ne peut même pas s'entendre penser, dit Nancy.

De près, il avait l'air étrange, car ses cheveux et son visage étaient presque sans couleur. La peau était blanchâtre, le crâne, à moitié chauve, frangé de cheveux soyeux autrefois blonds mais qui viraient au blanc ; ses cils et sourcils se voyaient à peine et ses lèvres étaient décolorées. Il avait l'air maquillé pour jouer le rôle d'un joyeux fantôme. J'appris qu'il s'appelait Acey Jones.

Nous nous dégageâmes de la cohue, Nancy finit son Coca-Cola d'un trait et nous revînmes à l'air libre.

— Il se forme des cumulus, dit Nancy en regardant le ciel. Mauvais.

Nous allâmes regarder son frère se mettre en selle pour la dernière course, puis nous remontâmes dans la tribune des propriétaires, d'où nous vîmes Colin gagner, et ce fut tout pour la journée. Elle me dit au revoir au pied de l'escalier, devant la porte de la salle des pesées.

Elle avait la peau douce et dorée et les yeux gris-brun. Sourcils foncés et bien dessinés. Peu de rouge à lèvres. Pas de parfum. Tout à fait le contraire de ma femme, blonde, peinturlurée... et envolée.

— Je pense qu'on se reverra, dit-elle, parce que je voyage avec Colin, quand il y a une place libre.

— Vous le pilotez vous-même, de temps en temps ?

— Mon Dieu, non !

Elle se mit à rire :

— Il aurait trop peur que je ne sois pas à l'heure. Et puis, le temps est trop souvent mauvais pour mes capacités. Mais un jour, peut-être...

Elle me tendit la main et je la serrai. Poignée de main très semblable à celle de son frère, et tout aussi brève.

— Alors, à bientôt, dit-elle.

— Je l'espère.

Elle hocha la tête avec un petit sourire, et s'en alla. Je la regardai s'éloigner, jolie silhouette blanche et bleue, et je dus réprimer une forte envie de me mettre à courir après elle.

En traversant la piste en direction de l'avion, je rencontrai Kenny Bayst qui en revenait, son imperméable sur le bras. Son visage, rouge de fureur, jurait avec ses cheveux carotte.

— Je ne rentre pas avec vous, dit-il d'un air tendu.

Vous direz à cette charmante Miss Annie Villars que je ne rentre pas avec vous. Je ne suis pas sa chose. La dernière fois, j'ai failli me faire foutre à la porte parce que j'ai gagné, et aujourd'hui parce que j'ai perdu. Comme si ça n'avait dépendu que de moi, les deux fois. Je vous le dis franchement, mon vieux. Si je ne reviens pas avec vous dans ce putain d'avion, c'est que je ne tiens pas à ce qu'ils m'asticotent tout le long du chemin.

— Bon. Très bien.

Je le comprenais.

— Je suis juste allé chercher mon imperméable. Je rentrerai par le train... ou en voiture avec des amis.

— Votre imperméable ?... mais l'avion est fermé à clé.

— Non, il n'est pas fermé. Je viens de prendre à l'instant mon imperméable dans le fond. Et dites-leur bien que j'en ai jusque-là, d'accord ?

Je hochai la tête et, tandis qu'il s'éloignait en hâte, je me dirigeai vers l'avion, perplexe et un peu contrarié. Le major Tyderman m'avait assuré qu'il avait refermé l'avion après y avoir pris son *Sporting Life*. Il avait dû oublier.

Et, en effet, les deux portes de côté étaient ouvertes, celle des passagers et celle du coffre à bagages. Derrydowns m'avait pourtant bien recommandé de ne jamais laisser l'avion ouvert, à cause des mômes qui faisaient souvent des dégâts à l'intérieur ; mais tout avait l'air normal, et il n'y avait pas d'empreintes digitales à la confiture.

Je refis toutes les vérifications extérieures et jetai un coup d'œil sur le plan de vol pour le retour. Si nous étions obligés de contourner trop de formations orageuses, le retour prendrait un peu plus de temps que l'aller, mais à moins qu'un orage ne se déchaîne juste au-dessus du terrain d'atterrissage, il ne devait pas y avoir de problème.

Bien que le pire fût au-dessous de nous, le vol ressemblait un peu à une course d'obstacles, car j'allais de droite et de gauche pour éviter les sombres masses nuageuses. Nous restâmes presque tout le temps au soleil, traversant parfois les nuages diaphanes qui flottaient au-dessus des gros. A l'intérieur des grands cumulo-nimbus, il y avait des courants verticaux capables de secouer durement même un avion de ligne. On risquait aussi d'y rencontrer de la grêle et des pluies glaciales. Ce qui n'est pas exactement l'idée qu'on se fait d'un voyage d'agrément. De sorte que, si c'était une bonne idée d'éviter les redoutables brutes nuageuses, le vol était quand même bien mouvementé pour des passagers.

Tout le monde connaît cette sensation horrible, qui vous donne la chair de poule et vous fait battre le cœur quand, soudain, le normal fait place à l'anormal. Et la cabine exiguë d'un petit zinc, en train de livrer bataille à l'orage à quatre mille pieds d'altitude, n'est certainement pas l'endroit idéal pour la ressentir.

Pour le mauvais temps, j'avais vu pire ; des orages brutaux, et même meurtriers. Ce n'est pas l'état du ciel qui attira mon attention et fit tinter cette sonnette d'alarme que constitue la peur.

C'était l'avion. Il y avait quelque chose qui clochait.

Pas grand-chose. Je n'aurais même pas pu dire ce que c'était. Mais il y avait quelque chose...

J'ai un instinct du danger très développé. Trop,

même, au dire de certains, et il lui est arrivé de me jouer des tours et de me faire passer pour un trouillard.

Pourtant, quand votre instinct vous crie « danger », on ne peut pas l'ignorer, pas avec des passagers à bord. Ce qu'on fait quand on est tout seul, c'est une autre histoire. Mais les pilotes de l'aviation civile ont rarement l'occasion de voler tout seuls.

Les instruments, le moteur, rien à dire.

Mais quelque chose n'allait pas dans les commandes.

Quand je virai en douceur pour éviter un autre cumulo-nimbus, l'avion piqua du nez et j'eus du mal à redresser l'appareil. Une fois revenu à l'horizontale, tout allait bien. Tous les contrôles du tableau de bord fonctionnaient normalement. Seul, l'instinct continuait à crier casse-cou. L'instinct, et le souvenir de réactions molles de la part de l'avion.

Au virage suivant, la même chose se reproduisit. L'avion eut tendance à piquer, et je dus faire plus d'efforts qu'il n'était normal pour le maintenir. Au troisième virage, ce fut encore pire.

Je jetai un coup d'œil sur la carte posée sur mes genoux. On était à vingt minutes de Haydock... au sud de Matlock... en vue de Nottingham. Encore quatre-vingts milles jusqu'à Newmarket.

C'est le gouvernail de profondeur qui fait monter ou descendre l'avion. Les cales passent par des anneaux et des poulies, entre le plancher de la cabine et l'extérieur du fuselage. Il n'aurait dû y avoir aucune friction.

Et pourtant je sentais que ça frottait quelque part.

Je me dis qu'un des fils était peut-être sorti d'une poulie au cours de ce vol mouvementé. Je n'avais jamais entendu dire que c'était arrivé avant, mais ça ne voulait pas dire que c'était impossible. A moins qu'une poulie ne se soit détachée, ou cassée en deux... Si quelque chose bringuebalait librement dans le fuselage, ça pouvait sérieusement affecter les contrôles.

Je me tournai vers la joyeuse compagnie.

— Je suis désolé, mais nous allons prendre un peu de retard. Nous allons atterrir à l'aéroport d'East Midlands, près de Nottingham, le temps que je fasse quelques petites vérifications sur l'avion.

Je rencontrai de l'opposition.

Goldenberg dit d'un ton hargneux :

— Je ne vois rien qui cloche.

Son regard parcourut le tableau de bord, notant que toutes les aiguilles des cadrans étaient fermement pointées sur le vert indiquant que tout allait bien.

— Tout a l'air normal.

— Vous êtes sûr que c'est nécessaire ? demanda Annie Villars. Il faut absolument que j'arrive avant que mes chevaux rentrent à l'écurie.

— Nom de Dieu ! fit le major, d'un ton féroce, fronçant les sourcils.

Il avait l'air plus tendu que jamais.

Ils réveillèrent Colin Ross.

— Le pilote veut atterrir pour faire ce qu'il appelle des vérifications de précaution. Nous, nous ne tenons pas à perdre de temps. Apparemment, il n'y a rien qui cloche dans l'avion...

La voix de Colin Ross s'éleva, claire et définitive.

— S'il dit qu'il faut atterrir, on atterrit. C'est lui le maître à bord.

L'atterrissage fut normal. Je m'arrêtai à l'endroit

qu'on m'indiqua, et suggérai que tout le monde descende et aille prendre un verre à l'aéroport, car les vérifications allaient bien prendre une bonne demiheure.

Ils avaient l'air de plus en plus contrariés. En vol, ils s'étaient dit qu'après tout, j'avais peut-être raison de vouloir atterrir. Mais, une fois en sécurité sur le plancher des vaches, ils étaient persuadés que c'était inutile.

Je leur fis un bout de conduite. Mais il fallait que j'aille faire mon rapport au bureau et demander qu'un mécanicien aille jeter un coup d'œil sur mon zinc aussitôt que possible. Je leur dis que j'irais les chercher au bar dès que tout serait prêt.

— Dépêchez-vous, dit Goldenberg d'un ton rogue.

— Contrariant. Vraiment très contrariant, grommela le major.

L'irritation d'Annie Villars finit par percer le gant de velours :

— Il faut absolument que je rentre aujourd'hui. Ça n'est vraiment pas la peine de payer un avion si on ne va pas plus vite qu'en voiture...

— Si ton cheval tousse, ne le fais pas courir, dit Colin Ross, sentencieux.

Les autres lui lancèrent un regard maussade.

— Merci ! dis-je à Colin avec reconnaissance.

Et je pris la tangente. Du coin de l'œil, je les vis se retourner sur l'avion, puis partir sans enthousiasme vers les grandes portes de verre.

Derrière moi, j'entendis un craquement, comme une branche qui se casse, puis une explosion monstrueuse, et un appel d'air terrible.

Je connaissais ça. Je pivotai sur moi-même, épouvanté.

A l'endroit où se trouvait le beau petit Cherokee bleu et blanc, il y avait maintenant une boule de feu qui explosait.

CHAPITRE IV

La bombe avait explosé en une fraction de seconde. Mais le public fut en émoi pendant trois jours. Et l'enquête traîna pendant des semaines.

Comme on pouvait s'y attendre, les quotidiens s'en donnèrent à cœur joie, avec des titres comme « Une minute de plus, et la Mort rattrapait Colin Ross » ou « Le Champion des Jockeys gagne la course contre le temps ». Annie Villars, l'air particulièrement doux et frêle, déclara dans une interview télévisée que nous avions tous eu une chance extraordinaire. On citait les paroles du major Tyderman : « Heureusement que quelque chose clochait dans l'avion, et que nous avons atterri pour faire des vérifications. Sinon... » Et Colin Ross avait, semble-t-il, terminé la phrase pour lui : « Sinon, nous serions tombés en pluie et en confettis sur Nottingham. »

Tout cela, bien entendu, après qu'ils se furent remis de leurs émotions.

Les types de la commission d'enquête étaient polis et cordiaux. Comme d'habitude. Et scrupuleux, obstinés, impitoyables. Comme d'habitude.

— Pourquoi avez-vous atterri à East Midlands ?

Quelque chose qui frottait.

— L'idée vous était-elle venue qu'il pouvait y avoir une bombe à l'intérieur ?

Non.

— Aviez-vous tout vérifié avant le vol ?

Oui.

— Et vous n'avez pas remarqué de bombe ?

Non.

Savais-je que j'étais néanmoins responsable de la sécurité de l'avion et que, théoriquement, on pouvait me tenir pour responsable d'avoir décollé avec une bombe à bord ?

Oui.

On se regarda. C'était une règle bizarre. Il était rare que des gens décollant avec une bombe à bord remontent de leur tombe pour s'entendre déclarer responsables. Les enquêteurs sourirent, pour montrer que c'était idiot de penser que quelqu'un décollerait avec une bombe à bord, sachant qu'elle y était.

— Avez-vous fermé l'avion à clé chaque fois que vous l'avez quitté ?

Je l'avais fermé.

— Et est-ce qu'il est resté tout le temps fermé ?

On y était. Je racontai l'incident du major Tyderman. Ils savaient déjà.

— Il dit qu'il est sûr d'avoir refermé à clé, dirent-ils. Mais même dans ce cas, n'est-ce pas à vous, et non à lui, dc veiller à la sécurité de l'avion ?

Bien entendu.

— N'aurait-il pas été prudent de votre part de l'accompagner lorsqu'il est allé chercher le journal ?

Pas de commentaire.

— Le pilote est responsable de la sécurité de l'avion.

De quelque côté qu'on se tourne, on en revenait toujours là.

C'était mon deuxième interrogatoire. Le premier, le lendemain de l'explosion, avait été cordial et sympathique, destiné à établir les faits, et le mot responsabilité n'avait pas été prononcé une seule fois. Mais on sentait qu'il flottait discrètement dans l'air. Il était inévitable qu'il fasse surface un peu plus tard, et qu'on l'épingle sur quelqu'un.

— Au cours des trois derniers jours, nous avons interrogé tous vos passagers, et aucun d'eux n'a la moindre idée de qui pourrait vouloir leur mort, et pourquoi. Nous devons donc maintenant examiner de plus près la question de l'occasion, et nous espérons que vous ne verrez pas d'inconvénient à répondre à ce qui sera peut-être un très long interrogatoire. Puis, nous rédigerons une déclaration pour vous, et nous serons très heureux que vous la signiez.

— Je ferai de mon mieux, dis-je.

Je creuserai ma propre tombe. Une fois de plus.

— Ils sont tous d'avis que la bombe devait se trouver dans le paquet-cadeau que vous avez vous-même apporté à bord.

Gentil.

— Et que la victime devait être Colin Ross.

Je fis la moue.

— Vous ne le pensez pas ?

— Sincèrement, je ne sais pas à qui la bombe était destinée. Mais je ne crois pas qu'elle était dans le paquet.

— Pourquoi ?

— C'est sa sœur qui l'avait acheté, le matin même.

— Nous savons cela.

Le type grand, avec des yeux tournés vers l'intérieur, comme s'il consultait un ordinateur dans sa tête, lui transmettant toutes les réponses qu'on lui donnait, et attendant que les circuits lui recrachent la conclusion. Ses manières n'étaient pas agressives. C'était un découvreur de faits, un chercheur de causes : comme un chien truffier. Il sentait l'odeur de la vérité. Et rien ne pourrait l'en détourner.

— Il est resté tout l'après-midi sur une étagère du vestiaire, et personne n'a le droit d'y entrer, sauf les jockeys et leurs valets.

— C'est ce qu'on nous a dit.

Il sourit.

— D'après son poids, est-ce que le paquet aurait pu contenir la bombe ?

— Je crois que oui.

— Miss Nancy Ross dit qu'il contenait une grande bouteille de sels de bain.

— Pas de morceaux dans l'épave ? demandai-je.

— Rien.

Il fronça le nez.

— Je n'ai jamais vu une désintégration plus complète.

Nous étions dans ce qu'on appelle la salle des équipages du bâtiment Derrydown, élevé sur un ancien terrain de la R.A.F. près de Buckingham. L'argent que Derrydown dépensait pour les apparences commençait dans le bureau du directeur, et s'arrêtait à la salle d'attente des passagers, de l'autre côté du hall. Dans la salle des équipages, les murs et la peinture devaient s'apprêter à fêter leurs noces d'argent. Le lino avait depuis longtemps passé l'âge des épousailles. Trois des quatre mauvais fauteuils semblaient n'avoir pas encore atteint la puberté, mais les ressorts du quatrième étaient si avachis qu'il était plus confortable de s'asseoir par terre.

L'enquêteur parcourut du regard le local minable. L'autre, plus petit et plus large, muet, restait assis, un crayon vert pointé sur son calepin à spirale.

— Monsieur Shore, d'après ce qu'on m'a dit, vous êtes titulaire du brevet de pilote de ligne. Et d'un certificat de navigation aérienne.

Il s'était renseigné sur mon compte. Je savais qu'il l'aurait fait.

Je dis carrément :

— Oui.

— Ce taxi aérien... enfin ce n'est guère un travail digne de vous.

Je haussai les épaules.

— Vous avez les qualifications les plus élevées possibles...

Il secoua la tête.

— Vous avez été formé par la B.O.A.C. et vous avez travaillé pour eux pendant neuf ans. Aspirant commandant de bord. Vous auriez été bientôt nommé commandant de bord. Mais vous êtes parti.

— Oui.

Et ils ne vous ont jamais repris. Décision de la direction.

Jamais.

Il consulta discrètement ses notes.

— Puis, vous avez piloté pour une ligne britannique privée, jusqu'à ce qu'elle fasse faillite. Et après ça, pour une ligne sud-américaine, qui, je crois, vous a renvoyé. Puis, toute l'année dernière, du transport d'armes, et, le printemps dernier, pulvérisations aériennes pour l'agriculture. Et maintenant ça.

Ils n'oublient jamais rien. Je me demandai qui lui avait établi cette liste.

— Ce n'étaient pas des armes. Vivres et médicaments à l'aller. Réfugiés et blessés au retour.

Il eut un sourire imperceptible.

— Sur une piste africaine, en pleine brousse, par des nuits noires ? On vous a tiré dessus ?

Je le regardai.

Il leva les mains.

— Oui, je sais. Tout cela est parfaitement légal et respectable, et ne nous regarde pas, bien entendu.

Il s'éclaircit la voix.

— ... N'avez-vous pas fait... euh... l'objet... d'une enquête, il y a environ quatre ans ? Quand vous pilotiez encore pour British Interport ?

J'inspirai lentement et à fond.

— Oui.

— Hum.

Il regarda en l'air, par terre et sur le côté.

— J'ai lu un résumé de votre cas. Ils n'ont pas suspendu votre licence.

— Non.

— Pourtant, d'après les faits, on aurait pu s'attendre à ce qu'ils le fassent.

Je ne répondis pas.

— Est-ce qu'Interport a payé l'amende pour vous ?

— Non.

— Mais ils vous ont gardé comme commandant de bord. Vous avez été convaincu de grossière négligence, mais ils vous ont gardé.

Le ton était à mi-chemin entre la question et la constatation.

— C'est exact, dis-je.

S'il désirait tous les détails, il n'avait qu'à lire le rapport en entier. Il le savait, et je le savais. Et il n'arriverait pas à me faire lui raconter ma vie.

— Oui... très bien... Qui a placé cette bombe dans le Cherokee ? Quand et comment ?

— Je voudrais bien le savoir.

Ses manières n'avaient pas changé. Sa voix était toujours cordiale. Nous fîmes tous les deux semblant d'ignorer la tentative qu'il venait de faire pour me pousser dans mes retranchements.

— Vous vous êtes arrêté à White Waltham et à Newbury...

— Je n'ai pas fermé à clé à White Waltham. J'étais garé sur l'herbe, devant le salon de réception. Je n'ai pas perdu l'avion de vue, et je ne suis resté à terre qu'une demi-heure. J'étais en avance... Je ne vois pas qui aurait eu l'occasion... ou qui aurait pu compter avoir l'occasion de placer une bombe à bord à White Waltham.

— Newbury ?

— Ils sont tous restés dans l'avion, sauf moi. Colin Ross est arrivé... On a mis son sac dans le coffre avant...

Le grand secoua la tête.

— L'explosion a eu lieu plutôt vers l'arrière. En tout cas derrière le siège du commandant. On en est sûrs d'après les résultats de l'explosion. Certaines parties métalliques du siège du commandant se sont incrustées dans le tableau de bord.

— Il s'en est fallu d'une minute, dis-je, songeur.

— Oui... Qui a eu une occasion à Haydock ?

Je soupirai intérieurement.

— N'importe qui, je suppose, depuis le moment où j'ai donné les clés au major Tyderman, jusqu'à celui où je suis revenu à l'avion.

— Ce qui représente combien de temps ?

J'y avais pensé.

— Dans les trois heures. Mais...

— Mais quoi ?

— Mais personne ne pouvait savoir que l'avion serait ouvert.

— Vous cherchez une échappatoire ?

— Vous croyez ?

Il esquiva la réponse, et dit :

— Je vous accorde que personne ne pouvait prévoir que l'avion serait fermé. Vous avez simplement facilité les choses.

— D'accord. Mais n'oubliez pas qu'il y a des voleurs qui ouvrent les voitures tous les jours de la semaine, et que les serrures d'avion ne sont pas plus compliquées. Pour celui qui est capable de fabriquer une bombe, c'est un jeu d'enfant d'ouvrir une serrure comme ça.

— Peut-être, dit-il. Mais vous avez facilité les choses.

Sacré major Tyderman, pensai-je. Quel vieil abruti ! J'étouffai la pensée que si ça ne m'avait pas contrarié de quitter Nancy, je l'aurais probablement accompagné ; je serais allé moi-même lui chercher son journal.

— Qui a pu avoir accès à l'appareil... question de serrure mise à part ?

Je haussai une épaule :

— Tout le monde. Il n'y avait qu'à traverser la piste.

— L'avion était garé en face des tribunes, je crois ; sous les yeux de la foule.

— Oui. A une centaine de mètres des tribunes. Mais pas assez près pour distinguer ce que pouvait trafiquer quelqu'un tournant autour de l'appareil. Il y a beaucoup de gens qui font ça, vous savez.

— Vous-même, vous n'avez remarqué personne ?

Je secouai la tête :

— J'ai jeté plusieurs fois un coup d'œil du côté de l'appareil dans l'après-midi. Mais juste comme ça. Je ne m'attendais pas à des ennuis.

— Hum...

Il réfléchit quelques secondes.

— Je crois qu'il y avait là deux avions de Polyphanes, aussi.

— Oui.

— Un des pilotes aura peut-être remarqué quelque chose. Je ferais bien de leur parler.

Je ne fis pas de commentaires. Ses yeux se fixèrent sur moi, sombres et incisifs.

— Ils se sont montrés cordiaux ?

— Les pilotes ? Pas particulièrement.

— Où en sont les hostilités ?

— Quelles hostilités ?

Il me regarda, comme pour me jauger.

— Vous n'êtes quand même pas si bête ! Vous travaillez pour Derrydowns ; vous ne pouvez pas ignorer que Polyphanes et Derrydowns sont toujours en train de chercher à s'arracher les yeux.

Je poussai un soupir :

— Je m'en fous complètement.

— Vous changerez d'avis quand ils commenceront à vous dénoncer.

— A me dénoncer ? Pourquoi ? Qu'est-ce que vous voulez dire ?

Il eut un petit sourire :

— Si vous enfreignez la moindre règle d'un cheveu, Polyphanes nous a déjà prévenus avant que votre appareil ait cessé de rouler. Ils font tout ce qu'ils peuvent pour faire interdire Derrydowns. Nous n'en tenons pas compte la plupart du temps, nous attribuons cela à la malveillance. Mais s'ils vous surprennent vraiment à transgresser les règlements, et qu'ils peuvent produire des témoins, nous serons obligés d'intervenir.

— Charmant... Bien sûr, il y a encore un autre endroit où on aurait pu placer la bombe à bord.

Je m'arrêtai.

— Alors, où, dites-le.

— Ici.

Le grand enquêteur et son muet acolyte au crayon vert se dirigèrent vers le hangar pour interroger le vieux Joe.

Harley me fit venir dans son bureau.

— Ils ont fini ?

— Ils sont allés demander à Joe si c'est lui qui a mis la bombe dans l'avion.

Harley était irrité, ce qui, chez lui, était devenu un état permanent.

— Ridicule.

— Lui ou Larry.

— *Larry ?...*

— Il est parti pour la Turquie cet après-midi-là, lui fis-je remarquer. Est-ce qu'il avait envie de vous laisser un petit souvenir ?

— Non.

Un « non » bref, tranchant et véhément.

— Pourquoi est-il parti ?

— Parce qu'il en avait envie.

Il me jeta un regard incisif, presque dégoûté.

— Vous parlez comme la commission d'enquête.

— Excusez-moi, dis-je d'un ton conciliant. Ça doit être contagieux.

Le bureau d'Harley remontait à un passé plus prospère. Sur le sol, il y avait quelque chose qui ressemblait bien à un tapis, les murs avaient reçu une peinture à l'épreuve du temps, et son bureau de bonne qualité s'était patiné au lieu de se déglinguer. Des rideaux bleus encadraient les fenêtres donnant sur le terrain d'aviation, et plusieurs bonnes photos d'avions étaient accrochées aux murs, dans leurs cadres. Les clients, quand ils venaient le voir, pouvaient jouir d'un fauteuil rembourré presque neuf. Le personnel s'asseyait sur une chaise en bois.

Harley lui-même était propriétaire, manager, chef moniteur de vol, employé aux réservations et laveur de vitres. Son personnel consistait en un unique mécanicien qualifié, ayant depuis longtemps passé l'âge de la retraite, un homme de peine à mi-temps, un pilote à temps plein (moi-même), et un pilote à mi-temps qui passait du pilotage à l'enseignement, suivant les besoins, et, un jour sur deux, donnait des leçons dans un club d'aviation à trente kilomètres de là.

Après l'explosion du Cherokee, il restait un monoplace utilisé pour les leçons, et un bimoteur Aztec de huit ans, équipé de tous les instruments de vol possibles et imaginables. Mais Harley n'en était pas propriétaire, et un contrat de location de cinq ans lui coûtait les yeux de la tête.

— Nous avons perdu deux vols depuis la bombe. Les clients disent que l'Aztec est trop cher, et qu'ils préfèrent partir en voiture.

Harley se passa la main dans les cheveux.

— Il y a un autre Cherokee Six disponible à Liverpool ; on pourrait le louer. Je viens de téléphoner. On nous l'amènera demain après-midi, pour que vous puissiez l'essayer en revenant de Newmarket...

— Et l'assurance du vieux ? demandai-je d'un air

indifférent. A la longue, ça reviendrait moins cher d'acheter que de louer.

— C'était une location-vente, dit-il d'un air sombre. On aura de la veine si on touche un sou. Et puis, ça ne vous regarde pas.

Harley était légèrement rondouillard et légèrement chauve, et pas tout à fait assez énergique pour faire démarrer Derrydowns à la force du poignet. Avec moi, ses manières étaient davantage celles d'un patron que d'un ami, réaction que je comprenais parfaitement.

— Joe est bien la dernière personne au monde qui irait mettre une bombe dans un avion ! explosa-t-il. Il les chouchoute comme une mère. Il les *polit*.

C'était vrai. A l'extérieur, les appareils de Derrydowns luisaient toujours comme des sous neufs, et à l'intérieur, on aurait pu manger par terre. Les moteurs tournaient doux comme de la soie. L'air de prospérité, légèrement usurpé, qui flottait autour de la compagnie était, pour la plus grande part, l'œuvre de Joe.

Les enquêteurs revinrent du hangar la queue entre les jambes, me sembla-t-il. Joe n'avait pas dû mâcher ses mots. A soixante-neuf ans, et avec des économies en banque, il pouvait se le permettre. Il n'avait pas accepté ma théorie de la poulie qui se serait détachée. Une chose pareille n'était pas possible sur un de ses avions, m'avait-il dit d'un ton sec, et que je pouvais prendre mes quatre galons dorés et me les mettre où je savais. Je lui avais rétorqué que je n'avais pas porté ma veste de commandant depuis près de deux ans, et que les galons étaient un peu mangés aux mites. Ce n'était pas très brillant, comme plaisanterie, mais il s'était un peu adouci, et m'avait dit qu'une poulie n'avait pas pu se détacher, qu'il en était certain, et que si l'une s'était détachée, c'était la faute du fabricant, pas la sienne.

— Ça a sauvé la vie de Colin Ross, lui fis-je remarquer. Vous devriez réclamer une médaille.

Ce qui le laissa bouche bée et lui cloua le bec en même temps.

La commission d'enquête entra au pas de charge dans le bureau d'Harley. Le Grand s'assit dans le fauteuil, Crayon Vert sur la chaise en bois. Harley derrière son bureau. Moi debout, appuyé au mur.

— Eh bien, dit le Grand, on dirait que tout le monde ici a pu tripoter le Cherokee comme il a voulu. Tout le monde de la compagnie, tous les clients qui étaient ici ce matin-là, et tous les gens qui sont passés en se promenant. Nous supposons que la bombe était destinée à Colin Ross, mais nous n'en sommes pas sûrs. Si c'est le cas, il fallait que la personne ait une idée assez exacte du moment où il se trouverait dans l'avion.

— Il montait dans la dernière course fixée à quatre heures et demie. Il ne fallait pas être bien malin pour en déduire qu'à cinq heures quarante, il serait en plein ciel.

— Cinq heures quarante-sept, dit le Grand. Exactement.

— A n'importe quel moment autour de cette heure-là, dit Harley avec irritation.

— Je me demande où était placée la bombe, dit le Grand d'un air concentré. Est-ce que vous avez regardé dans la boîte de pharmacie ?

— Non, dis-je stupéfait. J'ai simplement vérifié qu'elle était là. Je ne regarde jamais dedans. Ni dans les extincteurs, ou sous les sièges, ou dans les enveloppes des gilets de sauvetage...

Le Grand hocha la tête.

— Elle aurait pu être dans n'importe lequel de ces endroits. Ou aussi bien dans un paquet-cadeau.

— Faisant tic-tac, dit Harley.

Je me détachai lentement du mur.

— Et si elle s'était trouvée ailleurs, dis-je lentement, cachée quelque part entre la paroi de la cabine et la queue de l'appareil ? Quelque chose comme une mine adhérente, par exemple. Supposons que ce vol mouvementé... et tous les virages que j'ai faits pour éviter les nuages... l'aient délogée, de sorte qu'elle s'est prise dans les câbles du gouvernail de profondeur... Supposons que ce soit ça que j'aie senti... et qui m'ait décidé à atterrir... et que ce qui nous ait sauvés... ce soit la bombe elle-même.

CHAPITRE V

Le lendemain, j'emmenai aux courses de Newcastle et ramenai avec l'Aztec cinq jockeys et entraîneurs qui n'arrêtèrent pas de se plaindre de la dépense supplémentaire. Le soir, j'essayai le Cherokee. En pilotage automatique, il volait penché sur l'aile gauche ; sa jauge de carburant était inutilisable et il y avait quelque part une surcharge dans le circuit électrique.

— Il ne vaut pas grand-chose, dis-je à Harley. Il est vieux et bruyant, il doit consommer beaucoup, et j'ai l'impression que la batterie recharge mal.

Il m'interrompit.

— Il vole, et il n'est pas cher. Joe arrangera ça. Je le prends.

— Il y a aussi sa couleur : il est orange et blanc, comme les avions de Polyphanes.

Il me regarda d'un air excédé.

— Je sais, je ne suis pas aveugle. Et ce n'est pas étonnant, vu qu'ils s'en sont servis longtemps.

Il attendait que je proteste, pour pouvoir me moucher ; alors, je ne dis rien. Je haussai les épaules. S'il voulait admettre en face de son rival le plus acharné qu'il était tombé au point d'utiliser ses rebuts, c'était son affaire.

Il signa immédiatement le contrat de location et le donna au pilote qui l'avait amené et rentrait par le train. Le pilote eut un sourire de pitié et partit en branlant la tête.

Le Cherokee orange et blanc partit pour le hangar où Joe commença à lui dispenser des soins experts, tandis que je contournais la piste pour rentrer dans mon douillet petit nid. En l'occurrence, une caravane destinée aux pilotes. Larry l'avait habitée avant moi, et d'autres avant lui : les pilotes restaient chez Harley en moyenne huit mois, et la plupart logeaient dans la caravane, parce que c'était plus pratique. Elle était posée sur un carré de ciment, qui avait été autrefois le sol d'un local de la R.A.F., et elle était reliée aux réseaux d'électricité, d'eau et d'égouts, qui avaient servi aux aviateurs partis depuis longtemps.

J'avais oublié d'acheter à manger. Il y avait un demi-paquet de cornflakes et un bocal de Nescafé dans la cuisine. Mais ça ne me servait pas à grand-chose, vu que le demi-litre de lait de la veille avait tourné à la chaleur. J'envoyai tout au diable, m'effondrai sur ce qui servait de canapé, et tirai de ma poche avec résignation la lettre qui attendait depuis le matin que je l'ouvre.

Elle était de Suzanne, et disait en termes brefs qu'une fois de plus j'étais en retard pour sa pension.

J'avais trois livres en poche et seize à la banque, mais j'avais finalement payé toutes mes dettes. L'amende, le divorce, et le monceau de factures que Suzanne avait laissées partout, en une orgie de haine froide dans les quelques semaines qui avaient précédé le divorce, tout était payé.

Je n'avais pas compris comment l'amour pouvait arriver à surir à ce point. Je ne comprenais toujours pas. On s'était engueulés, on s'était battus, en essayant de se faire mal. Pourtant, quand on s'était mariés, à dix-neuf ans, tout n'était que tendresse et bonheur. Quand ça avait commencé à mal tourner entre nous, elle avait dit que c'était parce que j'étais trop souvent parti, et que tout ce qu'elle avait, c'était son travail de secrétaire médicale, et le ménage. Dans un grand élan de tendresse, j'avais donné ma démission de la B.O.A.C., et je m'étais engagé chez Interport, où je ne faisais que de courts trajets, et passais la plupart de mes nuits à la maison. La paye était à peine moins bonne, les perspectives d'avenir beaucoup moins favorables, mais, pendant trois mois, nous avions été plus heureux. Après ça, il y avait eu une longue période pendant laquelle nous avions tous les deux essayé de prendre notre parti de la situation, et les derniers six mois, au cours desquels nous nous étions déchirés à belles dents.

Depuis, j'avais essayé, plus ou moins délibérément, de ne plus rien ressentir pour personne. De ne pas m'attacher. De rester replié sur moi-même, froid et distant. Un glaçon après la tempête.

Mes vieilles connaissances faisaient partie de mon prochain voyage aux courses. Seul Goldenberg n'était pas à l'appel.

J'avais passé deux jours dans l'Aztec, à transporter des hommes d'affaires, qui allaient faire leurs visites mensuelles à leurs filiales d'Allemagne et du Luxembourg. Mais, le samedi, Joe avait fini de rafistoler le Cherokee de remplacement, et je me mis aux commandes. La jauge d'essence pointait toujours résolument vers zéro, mais le défaut électrique avait été corrigé : il n'y avait plus de surcharge dans le générateur. Et, si une aile avait tendance à voler plus bas que l'autre, au moins l'aile en question brillait-elle de tous ses feux. La cabine fleurait bon le savon et le désodorisant, et tous les cendriers étaient vides.

Ce jour-là, je devais prendre mes passagers à Cambridge, et bien que j'eusse atterri avec une demi-heure d'avance, le major était déjà là, attendant dans un fauteuil du hall d'entrée.

Je le vis avant qu'il me voie, et, comme je m'avançais vers lui, il sortit ses jumelles de leur étui, et les posa sur la table basse à côté de lui. Elles étaient plus petites qu'on ne l'aurait cru à voir la taille de l'étui. Il y plongea la main, et hop, un flacon argent et peau de porc en ressortit. Le major but une longue rasade au goulot, puis, avec un soupir de satisfaction, revissa le bouchon.

Je ralentis, et lui donnai le temps de replacer les jumelles par-dessus la source de son courage, avant de m'arrêter à côté de lui et de le saluer.

— Oh... bonjour, dit-il d'un ton raide.

Il se leva, bouclant l'étui, à qui, d'une tape, il fit reprendre sa position habituelle, sur sa bedaine.

— Tout est prêt ?

— Les autres ne sont pas encore là. Il est encore tôt.

— Ah. Oui. Bien sûr.

Il s'essuya soigneusement la moustache, et rentra illico son menton dans son cou.

— Pas de bombe aujourd'hui, j'espère.

Il ne plaisantait qu'à moitié.

Annie Villars et Colin Ross arrivèrent ensemble, absorbés dans une discussion animée qui semblait ne pas aboutir.

— Dites-moi seulement que vous monterez mes chevaux quand vous le pourrez.

— ... trop d'engagements.

— Je ne vous demande pas grand-chose.

— Il y a des raisons à ça, Annie. Je suis désolé, mais c'est non.

Il le dit d'un ton sans appel, qui parut la bouleverser.

— Bonjour, me dit-elle d'un air absent. Bonjour, Rupert.

Colin Ross, en veine d'élégance, arborait un pantalon gris clair et une chemise bleue à col ouvert.

Le major emmena Annie Villars voir si le bar était ouvert.

Colin Ross me jeta un regard en coin.

— L'enquêteur qui est venu me voir m'a demandé si je voyais un rapport entre la bombe et le fait que Bayst ne soit pas rentré avec nous, l'autre jour.

— Et qu'est-ce que vous avez répondu ?

— J'ai dit que je ne voyais aucun rapport. Et vous ?

— J'avoue que je me suis posé la question, parce qu'il est entré dans l'avion après les courses, et qu'il se sentait sûrement d'humeur meurtrière, mais...

— Mais est-ce que Kenny Bayst aurait accepté de sang-froid de nous tuer tous les deux avec, vous et moi ? continua-t-il.

Il secoua la tête.

— Pas Kenny, je ne crois pas.

— Et de plus, ajoutai-je, il ne s'est mis en rage qu'après avoir perdu à trois heures et demie. Et comment aurait-il réussi à goupiller une bombe à Haydock en une heure à peine ?

— Il aurait dû la fabriquer à l'avance.

— Mais il aurait fallu qu'il sache qu'il perdrait la course...

— Ça s'est déjà vu, dit Colin, sarcastique.

Il y eut un silence.

— De toute façon, dis-je, je pense que la bombe a toujours été avec nous. Avant même que je quitte la base.

Il tourna la tête et réfléchit.

— Dans ce cas... Larry ?

— Est-ce qu'il aurait fait ça ?

— Qui sait ? Il était sournois. Il a fauché cent tickets à Nancy. Mais une bombe... Et dans quel but ?

Je secouai la tête.

— Les bombes, en général, c'est politique, dit Colin ; ou un parent qui veut toucher l'assurance.

» Des fanatiques ou la famille...

J'étouffai un bâillement.

— Ça ne vous intéresse pas vraiment, hein ? dit-il.

— Pas tellement.

— Et ça ne vous inquiète pas de penser que ce plaisantin pourrait recommencer ?

— A peu près autant que ça vous inquiète vous-même.

Il sourit.

— Oui... bon. Mais ce serait bien commode de savoir qui a fait le coup. On aurait bonne mine de prendre des précautions à n'en plus finir, si on finissait par supprimer le major. Ou vous.

— Moi ? dis-je, stupéfait.

— Pourquoi pas ?

Je secouai la tête.

— Je ne gêne personne.

— Ce n'est peut-être pas l'avis de tout le monde.

— Alors, c'est des dingues.

— Mais c'est qu'il faut être dingue... vraiment

névrosé... pour aller mettre une bombe dans un avion...

Tyderman et Annie Villars revinrent du bar avec un personnage large d'épaules, qui avait l'air de trouver naturel que tout le monde se mette en quatre pour lui aplanir toutes les difficultés. Le major et Annie s'affairaient activement à aplanir tout ce qu'ils pouvaient, les oreilles pointées avec déférence pour recueillir toutes les miettes de sagesse tombant de ses lèvres, et opinant du bonnet à toutes ses affirmations.

Les deux adolescentes qui montaient la garde près de l'avion fermé étaient toujours à leur poste, davantage retenues par la promesse d'avoir un autographe de Colin que par l'argent que je leur avais proposé. Elles eurent les deux, et s'en montrèrent absolument ravies. Elles m'affirmèrent que personne ne s'était approché, même pas pour leur demander ce qu'elles faisaient. Personne n'aurait pu coller un bout de chewing-gum sur l'avion, encore moins une bombe.

Colin, tout en signant, me fit un clin d'œil amusé et appréciateur, signifiant qu'à ce prix-là la sécurité ne revenait vraiment pas cher.

— Qui est cet homme ? lui demandai-je.

— Le duc de Wessex. Annie fait courir un de ses chevaux aujourd'hui.

— Encore Rudiments ?

Surpris, il leva les yeux du second album d'autographes.

— Oui. C'est vrai. Moi aussi, je trouve que c'est un peu tôt.

Il rendit aux filles leurs carnets d'autographes.

— Mais ce n'est pas Kenny Bayst qui le monte, dit-il, ironique.

— Pas possible !

Le vol fut sans histoire, et on atterrit tranquillement sur le champ de courses. Les passagers se mirent à bâiller en défaisant leurs ceintures.

— Ce serait merveilleux si tous les hippodromes avaient une piste d'atterrissage, soupira Colin. Je déteste ces folles équipées en taxi, de l'aéroport au champ de courses.

Les passagers mirent pied à terre. Le major tapota son étui à jumelles d'un air satisfait, Annie Villars rassembla ses affaires avec une parfaite efficacité, tout en adressant au duc un regard d'impuissance toute féminine. Colin consulta sa montre et sourit. Le duc lui-même regarda autour de lui d'un air intéressé et dit :

— Beau temps, n'est-ce pas ?

Grand et fort, il avait un beau visage fin, avec des cheveux épais et grisonnants, de gros sourcils broussailleux, et de solides mâchoires bien carrées, mais, pour un quinquagénaire, il n'avait pas l'air très dynamique.

Colin me dit :

— Vous venez au paddock ?

Je secouai la tête.

— Il vaut mieux que je reste près de l'avion, aujourd'hui.

Le duc dit :

— Mais il faut bien que vous déjeuniez, mon ami.

— Je vous remercie, sir, mais je m'en passe souvent.

— Vraiment ? dit-il en souriant. Moi, il faut que je mange quelque chose.

Annie Villars dit :

— Nous partirons tout de suite après la dernière. Vers cinq heures moins le quart.

— D'accord, acquiesçai-je.
— Mais ça ne nous laisse même pas le temps de prendre un verre, Annie, gémit le duc.
Elle ravala son irritation.
— Alors, à n'importe quel moment après cinq heures moins le quart.
— Je serai là, dis-je.
Ils se dirigèrent tous docilement vers le paddock, Colin se retournant vers moi.
Il y avait trois autres avions parqués l'un à côté de l'autre, un privé, un d'une compagnie de taxis aériens écossaise, et un de Polyphanes. Tous les pilotes semblaient être allés aux courses, mais, quand je descendis de l'avion pour me dégourdir les jambes, vers le milieu de l'après-midi, je vis le pilote de Polyphanes à dix mètres, examinant le Cherokee en clignant les yeux, et fumant une cigarette.
C'était un des deux pilotes que j'avais vus à Haydock. Il sembla étonné de me voir.
— Salut, dis-je d'un ton égal.
Toujours trop con.
Il me décocha le même regard dur et indifférent.
— On ne prend pas de risques aujourd'hui.
Je ne relevai pas son ton méprisant.
— C'est exact.
— On s'est débarrassé de ce zinc, dit-il avec un signe de tête sarcastique, parce qu'on l'a usé jusqu'à la corde. Maintenant, il n'est plus bon que pour des compagnies de troisième ordre comme la vôtre.
— En effet, à voir dans quel état il est, on comprend comment vous pilotez, retorquai-je poliment.
Cette insulte mortelle n'était pas faite pour refroidir les hostilités.

Il pinça les lèvres et jeta son mégot dans l'herbe. Une mince volute de fumée s'éleva de la pelouse. Je la regardai sans commentaires. Il savait aussi bien que moi que c'est de la folie de fumer près d'un avion au sol, et que c'est interdit sur tous les aéroports.

— C'est étonnant que vous preniez le risque de transporter Colin Ross, fit-il. Si on prouvait que vous êtes responsables de sa mort, vous feriez faillite immédiatement.

— Il n'est pas encore mort.

— Si j'étais lui, je ne prendrais pas le risque de voyager par Derrydowns.

— Est-ce que, par hasard, il aurait autrefois utilisé les services de Polyphanes ? demandai-je. Et est-ce que toute cette rancune ne viendrait pas du fait qu'il soit passé à Derrydowns ?

Il me fusilla du regard.

— Non, dit-il.

Je ne le crus pas. Il vit que je ne le croyais pas. Il tourna les talons et s'éloigna.

Rudiments gagna la grande course. La casaque vert olive surgit au centre de la piste à la dernière seconde, et souffla la première place à Colin, qui montait le favori. J'entendais les huées de ma place.

Encore une heure à tirer avant la fin. Je bâillai, me renversai sur mon siège et m'endormis.

Une jeune voix disant plusieurs fois « Excusez-moi » m'éveilla. J'ouvris les yeux. Il avait dans les dix ans, un peu timide, ultra-racé. Accroupi sur l'aile, il parlait par la porte ouverte.

— Je suis désolé de vous réveiller, mais mon oncle a voulu que je vienne vous chercher. Il dit que vous n'avez rien mangé de toute la journée, et il trouve que vous devriez. En plus, son cheval a gagné, et il veut que vous veniez boire à sa santé.

— Votre oncle est vraiment très gentil, dis-je, mais je ne peux pas laisser l'avion sans surveillance.

— Il y a pensé. J'ai amené le chauffeur de mon père avec moi, et il va prendre votre place jusqu'à ce que nous revenions.

A l'énoncé de ces arrangements, il sourit avec une satisfaction non déguisée.

Je regardai sur la pelouse. Le chauffeur était bien là, sanglé de vert olive, la visière de sa casquette étincelant au soleil.

— O.K., dis-je, le temps de prendre ma veste.

Nous longeâmes le paddock, en direction du bar.

— Il est drôlement gentil, mon oncle, dit-il.

Il fit une pause.

— Il y a beaucoup de gens qui le trouvent un peu bête. Je ne sais pas pourquoi.

Il y avait de l'angoisse dans sa voix juvénile.

— Parce qu'il est vraiment drôlement gentil.

Je le rassurai.

— Je l'ai rencontré ce matin pour la première fois, mais je trouve qu'il est très gentil.

Son visage s'éclaircit.

— Vous trouvez ? Ah, bon.

Le duc était entouré d'une foule d'amis, tous armés de flûtes de champagne. Son neveu disparut, plongea dans la mêlée, et reparut près de son oncle qu'il tira par la manche.

— Comment ?

Ses bons yeux bruns me cherchèrent et me repérèrent.

— Oh, oui.

Il se baissa, dit quelque chose à l'enfant qui reparut bientôt près de moi.

— Champagne ou café ?
— Café, s'il vous plaît.
— Je vais vous le chercher.
— Mais non, j'y vais, dis-je.
— Non, non. Laissez-moi faire. Mon oncle m'a donné de l'argent.

Il s'approcha du bar d'un air décidé, commanda un café et deux piles de sandwichs au saumon fumé, et paya le tout avec un billet d'une livre tout froissé.

— Voilà, dit-il d'un air triomphant. Ça vous plaît ?
— Parfait, dis-je. Formidable. Prenez un sandwich.
— D'accord.

On se mit à mastiquer de conserve.

— Hé, regardez donc ce type, là-bas ! fit-il. On dirait un fantôme.

Je tournai la tête. Grand blond à la peau livide. Béquilles maladroites. Plâtre volumineux. Acey Jones.

— Il est tombé dans l'escalier, s'est cassé la cheville, et a touché mille livres de l'assurance, dis-je.
— Ben ça alors, dit l'enfant, ça vaut presque la peine.
— C'est aussi mon avis.
— Mon oncle est quelque chose dans les assurances. Mais je ne sais pas quoi.

Il regarda les sandwichs d'un air nostalgique.

— Prenez-en un autre, suggérai-je.

Je retournai au Cherokee juste avant la dernière course, et je trouvai le chauffeur confortablement installé en train de lire *Le Docteur Jivago*. Il s'étira, me dit qu'il n'y avait rien à signaler et s'éloigna.

J'inspectai tout de même l'avion centimètre par centimètre, et j'allai même jusqu'à dévisser le panneau du coffre à bagages arrière, ce qui me permit d'inspecter toute la partie postérieure du fuselage, jusqu'à la queue. Rien d'anormal. Je revissai le panneau.

J'entrepris alors l'inspection de l'extérieur de l'avion. J'avais à peine commencé quand j'entendis un cri venant d'un avion voisin.

Je tournai la tête avec curiosité, mais sans hâte.

Du côté du Polyphanes caché aux tribunes, deux costauds étaient en train de tabasser Kenny Bayst.

CHAPITRE VI

Le pilote du Polyphanes, debout à côté, regardait. Je le rejoignis en six enjambées.

— Mais faites donc quelque chose, nom de Dieu !

Il me regarda d'un air froid et impassible.

— Je passe la visite médicale demain. Allez-y vous-même.

Trois enjambées de plus, et j'attrapai un énorme poing qui se levait pour écraser Kenny, ramenai sauvagement le bras en arrière, et expédiai un solide coup de pied dans le gras du genou gauche du propriétaire. Il tomba sur le dos, avec un cri exprimant à la fois la colère, la surprise et la douleur, et auquel répondit en écho celui de son collègue que mon pied cueillit juste à la pointe du coccyx.

Tabasser les gens, c'était leur boulot, pas le mien, et Kenny n'avait plus assez de forces pour se tenir debout, et encore moins pour se battre, de sorte que je distribuai les coups au hasard. Mais ils ne s'étaient sans doute pas attendus à rencontrer une opposition sérieuse, et ils durent comprendre dès le début que je ne jouais pas d'après leur règle.

Ils avaient de gros poings menaçants, et le genre de souliers à bouts ronds qui sert si bien aux lâches.

Je leur balançai de vigoureux coups de pied dans les genoux, leur plantai mes doigts dans les yeux, et leur sciai la gorge du tranchant de ma main.

J'en eus vite assez. Pourtant, ma détermination survécut à la leur, parce que je ne voulais pas m'effondrer et recevoir des coups de botte dans les reins. Ils finirent par se fatiguer et s'en allèrent soudain en boitillant, comme rappelés par un sifflet. Ils emportaient avec eux plusieurs genoux endommagés, des larynx douloureux et un œil sérieusement amoché ; et ils laissaient derrière eux une tête bourdonnante et des côtes endolories.

Je m'appuyai à l'avion pour reprendre mon souffle et regarder Kenny, toujours assis sur l'herbe. Il avait pas mal de sang sur le visage. Son nez saignait, il s'était essuyé maladroitement du revers de la main.

Je me penchai et l'aidai à se relever. Il se remit debout sans la lenteur angoissante des blessés graves, mais sa voix était normale.

— Merci, mon vieux, dit-il en clignant des yeux. Ces brutes m'ont dit qu'ils allaient m'arranger de telle sorte que je ne pourrais plus jamais monter... Ah... je me sens mal... vous avez du whisky ?... aah... je crois que je...

Il se plia en deux et vomit sur l'herbe.

Se redressant, il tira un grand mouchoir de sa poche, s'essuya la bouche, et regarda d'un air consterné les taches rouges qu'il y vit.

— Je saigne...

— C'est votre nez, c'est tout.

— Oh...

Il toussa d'un air épuisé.

— Merci, mon vieux. Et merci, ce n'est pas assez dire.

Son regard se fixa sur le pilote de Polyphanes qui était toujours là, un peu plus loin.

— Ce salaud-là n'a pas levé le petit doigt... ils auraient pu m'estropier, il n'aurait pas bougé... j'ai crié...

— Il passe la visite médicale demain, dis-je.

— C'est pas une raison...

— Si on ne la passe pas tous les six mois, on reste au sol. Et si on reste au sol trop longtemps, dans les taxis aériens, on perd sa place, ou au moins la moitié de ses revenus...

— Ouais, dit-il. Et vous, quand est-ce que vous la passez, votre visite ?

— Pas avant deux mois.

Il partit d'un bref éclat de rire, eut une grimace de douleur et avala sa salive. Puis il chancela. Il avait l'air tout petit et vulnérable tout à coup.

— Vous feriez mieux de retourner là-bas et de voir le docteur, suggérai-je.

— Peut-être... mais je dois monter Volume Ten lundi prochain... une course importante... Si je gagne, j'ai des chances d'avoir un bien meilleur boulot qu'avec Annie Villars... Je ne veux pas manquer ça...

Il eut un sourire sarcastique.

— C'est pas bon non plus pour les jockeys de rester au sol trop longtemps, mon vieux.

— Vous n'êtes pas en très bonne forme.

— Ça ira. Rien de cassé... sauf le nez, peut-être. Mais ça m'est déjà arrivé.

Il se remit à tousser.

— Un bon bain. Un bon sauna. Et je serai comme neuf lundi. Grâce à vous.

— Et si vous portiez plainte ?

— Ouais. Formidable l'idée, dit-il d'un ton sarcastique. Imaginez un peu leurs questions : « Pourquoi a-t-on cherché à vous estropier, monsieur Bayst ? » « Eh bien, monsieur le commissaire, vous comprenez, j'avais promis de bousiller ma course, et cette brute de Goldenberg, je vous demande pardon, messieurs, M. Eric Goldenberg m'a envoyé ces deux gorilles à cause du paquet que ma victoire lui a fait perdre...

— Mais s'ils recommencent ?

— Non, dit-il en secouant la tête. Ils n'essayent jamais deux fois.

Il se redressa, et se regarda dans la fenêtre de l'avion, cracha sur son mouchoir et essuya le sang qu'il avait sur le visage.

Son nez avait cessé de saigner. Il le tâta bravement entre le pouce et l'index.

— Rien ne bouge. Rien ne craque. Comme quand je l'ai cassé l'autre fois.

Débarrassé du sang, son visage était pâle, mais sans plus.

— Je crois que ça ira. Je vais quand même m'asseoir dans l'avion... Venez...

Je l'aidai à monter et il s'effondra sur le siège. Il ne me fit pas l'effet de quelqu'un capable de courir quarante-huit heures plus tard.

— Hé, dit-il, je ne vous ai même pas demandé si vous n'avez rien, vous !

— Non, ça va. Ecoutez, je vais envoyer votre pilote vous chercher du whisky.

Sa réaction me révéla à quel point il était encore ébranlé.

— Ça serait... formidable. Mais il n'ira pas.

— Il ira, dis-je.

Et il y alla. Le monde de l'aviation britannique est

tout petit. Chacun connaît quelqu'un qui connaît quelqu'un d'autre. Certaines nouvelles voyagent lentement mais sûrement, et certains stigmates ont tendance à vous rester collés à la peau. Il comprit le message. Il accepta même d'acheter le whisky de sa poche.

Le temps qu'il revienne, avec un quart de whisky et l'air menaçant, la dernière course était finie et les passagers des avions arrivaient par petits groupes. Kenny commençait à se remettre, et, quand deux autres jockeys arrivèrent pleins d'exclamations et de condoléances, je retournai au Cherokee.

Annie Villars attendait, la victoire de Rudiments ne l'ayant pas visiblement adoucie.

— Je croyais que vous aviez dit que vous resteriez dans l'avion, lança-t-elle d'une voix glaciale.

— Je ne l'ai pas perdu de vue.

Elle poussa un grognement de mépris. J'inspectai rapidement l'intérieur, juste au cas où. L'inspection extérieure fut plus longue et plus complète. Toujours rien.

Les coups que j'avais encaissés commençaient à faire leur effet. Les bourdonnements dans ma tête s'étaient transformés en une violente migraine. Mes bras commençaient à se raidir par endroits, et j'avais la région du plexus solaire en marmelade.

— Savez-vous, dis-je à Annie Villars sans sortir du ton de la conversation banale, que deux costauds viennent de tabasser Kenny Bayst ?

Si elle ressentit de la compassion, elle n'en laissa rien paraître.

— Il est sérieusement touché ?

— Il en sera quitte pour une mauvaise nuit.

— Eh bien... je dirai qu'il ne l'a pas volé.

— Pourquoi ?

Elle me regarda dans les yeux.

— Vous n'êtes pas sourd.

Je haussai les épaules.

— Kenny croit que c'est M. Goldenberg qui a arrangé ça pour lui.

Elle n'avait pas été au courant de ce qui allait se passer. Elle ne savait pas si Goldenberg était ou non responsable. Je la vis hésiter, réfléchissant à mes paroles.

A la fin, elle dit sans se compromettre :

— Kenny n'a jamais pu tenir sa langue.

Et une minute plus tard, elle murmura entre ses dents :

— Quelle bêtise ! Quel idiot !

Le major Tyderman et le duc de Wessex arrivèrent ensemble ; le duc parlait toujours de son gagnant avec animation.

Le duc demanda au major si ça ne lui faisait rien de changer de place avec lui pour le retour, afin qu'il puisse s'asseoir à l'avant.

— J'aime bien voir les cadrans du tableau de bord, expliqua-t-il.

Le major, encore plein de champagne ducal, accepta de bonne grâce. Il monta à bord, et j'attendis dehors avec le duc.

— Est-ce qu'il y a quelque chose qui ne va pas, mon ami ? dit-il.

— Non, sir.

Il me considéra avec attention.

— Pourtant, il y a quelque chose.

Je portai la main à mon front et sentis que je transpirais.

— Il fait chaud, dis-je.

Colin arriva enfin. Lui aussi transpirait : sa chemise maintenant toute froissée avait de grands cernes sous les bras. Il avait monté dans cinq courses. Il avait l'air tout mince et épuisé.

— Vous vous sentez bien ? me demanda-t-il brusquement.

— Je *savais* bien, dit le duc.

— Oui, merci.

Colin regarda l'avion de Polyphanes, qui n'avait pas encore décollé.

— Comment va Kenny ?

— Quelques bleus. Il ne voulait pas qu'on sache.

— Un des jockeys qui a voyagé avec lui est revenu et nous a tout raconté. Kenny lui a dit que vous lui avez évité un destin pire que la mort. Ou quelque chose comme ça.

— Quoi ? dit le duc.

Colin lui raconta. Ils me regardèrent d'un air soupçonneux.

— Je suis capable de piloter, si c'est ça qui vous inquiète.

Colin fit la grimace.

— Mais oui, mon vieux, bien sûr.

Il sourit, respira à fond et plongea vers l'arrière de l'avion. Après moi, le duc s'introduisit à sa place, et on décolla.

Les nuages étaient épais au-dessus de la Humber, à Ottringham, et sur tout le trajet, jusqu'au sud de Cambridge.

Nous descendîmes sur Cambridge sous un ciel couvert et maussade, et nous atterrîmes sur la piste mouillée par les averses. Je roulai aussi près que possible des bâtiments, coupai le moteur et enlevai mes écouteurs, qui me semblaient peser une tonne de plus que d'habitude.

— Je ne voudrais pas avoir manqué ça, dit le duc. Jusqu'à maintenant, je suis toujours allé en voiture partout, vous savez.

Il défit sa ceinture de sécurité.

— Je revoyagerai avec vous, mon ami.

— Ce sera un plaisir pour moi, sir.

Il me regarda longuement, avec bonté.

— Je veux que vous alliez vous mettre au lit dès que vous serez rentré, Matthew. Et que votre femme vous borde bien, hein ?

— Oui, dis-je.

— Bien, bien.

Il hocha son beau visage, et s'extirpa gauchement de la cabine.

— Vous savez que vous avez fait grosse impression sur mon neveu, mon ami. Et je respecte l'opinion de Matt. Il flaire les bons et les méchants à un kilomètre.

— C'est un bon petit, dis-je.

Le duc eut un sourire heureux.

— C'est mon héritier.

Il descendit de l'aile et alla aider Annie Villars à enfiler son manteau. C'est moi qui aurais dû le faire. Mais je restai assis ma ceinture toujours bouclée, trop mal fichu pour faire un mouvement. L'idée de retourner à Buckingham ne me disait rien du tout. Avec les nuages, et sans émetteur au bout pour m'aider à atterrir. Il faudrait que je fasse un détour par Luton... ils me mettraient probablement sur la bonne voie, avec leur radar qui fonctionnait vingt-quatre heures sur vingt-quatre...

J'avais mal partout. Je pensais à la caravane. Port d'attache glacé.

Les passagers prirent leurs affaires, fermèrent la

porte arrière, me firent adieu de la main et se dirigèrent vers les bâtiments.

Alors, je me pris la tête dans les mains et fermai les yeux.

On tapa à la vitre à côté de moi. Je relevai la tête trop vite, ce qui déclencha un douloureux carillon sous mon crâne. Colin Ross était là, me regardant avec une lueur amusée dans le regard. J'ouvris la vitre.

— Capable de piloter, c'est bien ce que vous avez dit ? ironisa-t-il.

— Ça, c'était il y a deux heures.

— Ah oui, ça fait une différence, dit-il en souriant. Je me demandais, au cas où vous n'auriez pas envie de repartir, si ça vous dirait de passer la nuit chez moi. Vous pourriez rentrer demain. Il fera peut-être beau, demain.

Il avait beaucoup voyagé par avion, et comprenait les difficultés. J'étais quand même étonné qu'il ait pris la peine de revenir.

— Peut-être bien, admis-je. Mais je pourrais coucher à Cambridge...

— Sortez de là, et occupez-vous de faire garer votre coucou, dit-il calmement.

— Il faut que je demande à Derrydowns...

— Alors, demandez à Derrydowns.

Je m'extirpai très lentement de l'avion et enfilai péniblement ma veste. Nous partîmes en direction des bâtiments.

— Prévenez aussi votre femme, dit-il.

— Je n'en ai pas.

— Oh...

Il me regarda, plein de curiosité.

— Non, ce n'est pas ce que vous croyez. Marié douze ans, divorcé trois.

La peau se plissa tout autour de ses yeux.

— Mieux que moi, dit-il. Marié deux ans, divorcé quatre.

Harley répondit tout de suite.

— Où êtes-vous ? Cambridge ?... Non, revenez ce soir, si vous restez à Cambridge, il faudra payer le garage.

Je ne lui avais pas parlé de la bagarre, ni de mon état.

— Je paierai le garage, dis-je. Vous le déduirez de mon salaire. Colin Ross m'a demandé de passer la soirée avec lui.

Ça, ça devait lui river son clou. Harley savait à quel point il est important de savoir faire plaisir, et Colin Ross était son meilleur client.

— Oh... dans ce cas, c'est différent. D'accord. Soyez là demain matin.

J'allai au bureau du contrôle, demandai qu'on mette mon zinc à l'abri pour la nuit, dernier travail que le personnel aurait à faire avant de rentrer chez lui. Puis je m'enfonçai dans les coussins de l'Aston Martin de Ross et oubliai tout.

Il habitait un bungalow en brique tout simple, dans la banlieue de Newmarket. L'intérieur était chaud et gai ; dans le vaste salon de confortables et luxueux fauteuils en velours me tendaient leurs bras.

— Asseyez-vous, dit-il.

Je m'assis. Je renversai la tête en arrière et fermai les yeux.

— Whisky ou cognac ? demanda-t-il.

— Ce que vous voulez.

Je l'entendis remplir un verre.

— Voilà, dit-il.

J'ouvris les yeux et pris le verre avec reconnaissance. C'était du cognac et de l'eau. Le remède qu'il me fallait.

J'entendais des bruits de casseroles dans la cuisine, d'où s'échappait une bonne odeur de poulet rôti. Les narines de Colin en frémirent.

— Le dîner sera bientôt prêt... Je vais dire aux cuisinières qu'il y aura un invité de plus.

Il sortit de la pièce, et revint presque immédiatement avec ses deux cuisinières.

Je me levai lentement ; je ne m'attendais pas à ça ; je n'y avais pas du tout pensé.

A première vue, elles avaient l'air des deux moitiés d'un même tout : Nancy et Midge. Mêmes cheveux noirs, noués haut sur la tête avec un ruban de velours. Mêmes grands yeux sombres, mêmes sourcils bien fournis, mêmes sourires spontanés.

— L'homme oiseau lui-même, dit Nancy. Colin, comment l'as-tu attrapé ?

— Je lui ai mis un grain de sel sur la queue...

— Voilà Midge, dit-elle. Midge... Matt.

— Bonjour, dit-elle. C'est vous, l'homme à la bombe ?

Quand on les regardait mieux, on voyait. Elle était plus mince que Nancy, et beaucoup plus pâle, et elle avait l'air fragile, alors que Nancy était robuste : mais, si on ne la comparait pas à sa sœur, elle ne donnait pas l'impression d'être malade.

— Ma première bombe, et la dernière, j'espère, dis-je.

Elle frissonna.

— Vous y avez quand même échappé de justesse.

Colin leur versa un Dubonnet à chacune, et se servit un whisky.

— Des bombes, des bagarres... quel baptême des courses il aura eu !

Colin leur raconta l'épisode Kenny, et elles poussèrent des exclamations de sympathie.

Le dîner consistait simplement en poulet rôti, salade, et fromages divers. Nous mangeâmes dans la cuisine, les coudes sur la table écarlate ; nous suçâmes les os. Il y avait des années que je n'avais pas passé une soirée aussi agréable.

— A quoi pensez-vous ? demanda Nancy. Juste en ce moment ?

— Je me dis que je devrais m'arrêter plus souvent à Cambridge.

— Eh bien, dit Midge, ce n'est pas difficile. Venez quand vous voudrez.

Elle regarda sa sœur et son frère d'un air interrogateur, et ils hochèrent la tête.

— Venez tout simplement. Chaque fois que vous en aurez l'occasion.

La sonnette d'alarme intérieure se mit à grelotter : ne t'attache pas ; ne ressens rien ; ne risque rien.

Ne t'attache pas.

— Il n'y a rien qui me ferait plus plaisir, dis-je.

Et je ne savais pas encore si je le pensais ou non.

CHAPITRE VII

Le lendemain, je restai jusqu'à ce que le ciel s'éclaircisse, vers cinq heures. Colin passa la plus grande partie de la journée à décider quelles courses il courrait la semaine suivante, et à répondre au téléphone à des propriétaires et entraîneurs désireux de l'engager. Il montait principalement pour une écurie à un kilomètre de chez lui, me dit-il, mais les termes de son contrat lui laissaient une considérable liberté de choix.

Il travaillait sur un grand tableau avec sept colonnes, une pour chaque jour de la semaine. Dans chaque colonne, il inscrivait la liste des différentes rencontres de la journée, et, pour chaque rencontre, il faisait la liste des noms, des prix et des distances de chaque course. Vers la fin de l'après-midi, il y avait le nom d'un cheval en face d'un bon nombre de courses, surtout celles qui comportaient les prix les plus élevés.

— Pouvez-vous me transporter assez vite de Brighton à Windsor pour que je puisse prendre part à deux courses séparées qui se courent à une heure et demie d'intervalle ? me demanda-t-il. La course est à trois heures à Brighton. Quatre heures et demie à

Windsor. Et samedi, trois heures à Bath, quatre heures et demie à Brighton ?

— Avec une voiture rapide aux deux bouts, pas de problème.

— Parfait.

Il raya quelques points d'interrogation.

— Et samedi prochain, pouvez-vous m'emmener en France ?

— Si Harley me demande de le faire.

— Harley vous le demandera, affirma-t-il.

— Vous ne prenez jamais un jour de repos ?

Il leva les sourcils d'un air surpris.

— Aujourd'hui, dit-il, c'est un jour de repos. Vous ne l'aviez pas remarqué ?

— Euh... oui.

— Le cheval que je devais monter est paralysé depuis mardi. Sinon j'allais à Paris. Mais par la B.E.A., pour une fois.

Après le déjeuner, Midge rangea tout, et Nancy couvrit la table de la cuisine de cartes et de diagrammes.

— Un de ces jours, je piloterai Colin pour aller aux courses. Est-ce que... vous voudriez bien m'aider ?...

— Bien sûr.

Elle se pencha sur la table ; ses longs cheveux se balançaient de chaque côté de son cou. Ne t'attache pas, me dis-je. Ne t'attache pas.

— La semaine prochaine, à Haydock. S'il fait assez beau.

— Elle est en train de vous faucher votre travail, observa Midge en essuyant les verres.

— Attendez seulement qu'il se mette à tonner.

— Quel animal ! dit Nancy.

Quand la pluie cessa, ils me raccompagnèrent tous les trois à Cambridge. Nous étions entassés dans l'Aston Martin. Midge conduisait, et il était évident qu'elle aimait ça. Nancy était assise à moitié sur Colin et à moitié sur moi, et moi, à moitié sur la poignée de la porte.

Quand je décollai, ils étaient en rang, et me firent de grands gestes d'adieu. Je fis un tonneau en manière de salut, et mis le cap sur Buckingham, essayant d'ignorer le regret que je ressentais à les quitter.

A Derrydowns, Harley était en train de donner une leçon dans l'avion-école. Quand il m'entendit à la radio, il me lança avec humeur :

— Ce n'est pas trop tôt !

Me souvenant de ce qui me restait en banque, je m'abstins de lui répondre.

Je laissai le Cherokee Six dans le garage, et regagnai la caravane. Elle me parut plus vide, plus sordide, plus délabrée qu'avant. Les fenêtres étaient sales. Le lit n'était pas fait. Le lait de la veille avait encore tourné, et il n'y avait toujours rien à manger.

Je m'assis, regardant un moment le soleil du soir jouer à cache-cache avec les nuages, regardant l'élève de Harley bondir et rebondir à ses atterrissages, et me demandant combien de temps Derrydowns pourrait encore tenir avant de faire faillite, et si j'aurais le temps d'économiser assez, avant, pour m'acheter une voiture. Harley me payait quarante-cinq livres par semaine, ce qui était plus qu'il ne pouvait se permettre, et moins que je ne valais. Sur cette somme, Suzanne, les impôts et l'assurance prendraient exactement la moitié, et comme Harley déduisait quatre livres pour mon loyer, ce ne serait pas facile.

Impatienté, je me levai et lavai toutes les fenêtres, ce qui améliora la vue que j'avais sur le champ d'aviation, mais non celle que j'avais sur mon avenir.

La commission d'enquête m'avait renvoyé les deux mêmes enquêteurs, le Grand et le Muet, qui n'avait oublié ni son calepin ni son crayon vert. Comme la fois d'avant, on s'assit dans la salle des équipages, et je leur offris du café du distributeur automatique qui était dans le salon des passagers. Ils acceptèrent, et j'allai remplir trois gobelets de plastique. Le personnel aussi bien que les passagers devaient payer pour leur café, ou pour tout autre distributeur automatique. Ça faisait un petit bénéfice.

Dehors, sur la piste, Ron, mon collègue à mi-temps, montrait à un nouvel élève comment on fait les vérifications extérieures. Ils examinaient l'avion-école centimètre par centimètre. Ron parlait d'un ton vif. L'élève, un homme d'âge mûr, hochait la tête comme s'il comprenait.

Le Grand me disait que, pour l'histoire de la bombe, ils en étaient toujours au point mort.

— La police a été trop heureuse de nous abandonner l'enquête, mais, franchement, dans des cas comme celui-là, il est presque impossible de découvrir l'identité du coupable. Bien entendu, si un des passagers est une personnalité politique, ou un agitateur notoire... Ou s'il y a une grosse assurance en jeu... Mais rien de tel dans ce cas.

— Colin Ross n'est pas assuré ?

— Si, mais il n'a pas renouvelé sa police, et il n'y a rien d'exceptionnel à cela. Et les bénéficiaires en sont ses deux sœurs jumelles. Je ne peux pas croire...

— Impossible, dis-je avec conviction.

— C'est mon avis.
— Et les autres ?
Il secoua la tête.
— Ils disent tous qu'en fait, ils devraient être mieux assurés qu'ils ne le sont.
Il toussa discrètement.
— Il reste, bien entendu, vous-même.
— Que voulez-vous dire ?
Ses yeux incisifs me fixèrent sans ciller.
— Il y a quelques années, vous avez contracté une assurance au bénéfice exclusif de votre femme. Bien que vous soyez divorcé, elle est toujours bénéficiaire. On ne peut pas modifier ce genre de police.
— Qui vous a dit cela ?
— Elle-même, dit-il. Nous sommes allés la voir pour notre enquête. Ce qu'elle dit n'est pas flatteur pour vous.
Je pinçai les lèvres.
— Non. Je m'en doute. Pourtant, je lui suis plus utile vivant que mort. Elle devrait souhaiter que je vive aussi vieux que possible.
— Et si elle voulait se remarier ? Vous n'auriez plus à lui verser sa pension, et une grosse somme de l'assurance l'arrangerait sans doute.
Je secouai la tête.
— Elle aurait pu me tuer dans une crise de rage, il y a trois ans, mais pas maintenant, pas de sang-froid, et pas avec plusieurs autres personnes. Ce n'est pas dans sa nature. Et, de plus, elle ne connaît rien aux bombes, et elle n'avait aucune occasion... Non, vous pouvez rayer définitivement cette hypothèse.
— Elle sort de temps en temps avec un ingénieur d'une entreprise de démolitions.
Il parlait d'une voix affreusement égale, mais il

était évident qu'il s'attendait à une réaction, et il n'y en eut pas. Je n'étais pas horrifié, ni même consterné.

— Elle ne ferait jamais une chose pareille. Ni ne demanderait à quelqu'un de le faire pour elle. Dans son état normal, elle était... trop bonne. Tout au moins, trop sensible. Elle était toujours retournée quand des passagers innocents explosaient en plein ciel... elle n'aurait jamais fait ça. Jamais.

Il m'observa un moment, dans ce silence spécial à toute commission d'enquête et qui est particulièrement énervant. Je ne voyais pas ce que j'aurais pu ajouter. Je ne savais pas où il voulait en venir.

Dehors, l'avion-école démarra et commença à rouler. Le bruit du moteur décrut. Tout était tranquille. J'étais assis. J'attendais.

Finalement, il reprit :

— Malgré toute la peine que nous avons prise, nous en arrivons, en tout et pour tout, à une seule possibilité. Et même cela ne nous apprend rien sur la personne à qui la bombe était destinée, ou sur celle qui l'a placée à bord.

Il tira une enveloppe brune de la poche intérieure de son veston. Il la secoua sur la table de la salle des équipages, et il en tomba un morceau de métal tout tordu. Je le ramassai et l'examinai. A part l'impression que ça avait été autrefois rond et plat, comme un bouton, ça ne me disait rien du tout.

— Qu'est-ce que c'est ?

— Les restes, dit-il, d'un amplificateur.

Je le regardai, perplexe.

— De la radio ?

— Nous ne le pensons pas.

Il se mordilla la lèvre.

— Nous pensons que c'était dans la bombe. Nous l'avons trouvé incrusté dans ce qui avait été la queue.

— Vous voulez dire... qu'en fin de compte, ce n'était pas une bombe à retardement ?

— Eh bien... probablement pas. On dirait qu'on l'a fait exploser par transmission radio. Ce qui place les choses dans une perspective différente, vous vous en rendez compte.

— Quelle différence ? Je ne connais pas grand-chose aux bombes. En quoi une bombe radio diffère-t-elle d'une bombe à retardement ?

— Elles peuvent différer beaucoup, quoique dans la plupart des cas, l'explosif soit le même. Dans ces cas, c'est simplement le détonateur qui est différent.

Il marqua une pause.

— Disons que vous possédez une certaine quantité de plastic. Malheureusement, il n'est que trop facile de s'en procurer de nos jours. En fait, si vous êtes en Grèce, vous pouvez en acheter dans n'importe quelle droguerie. Mais, tout seul, il n'explosera pas. Il faut un détonateur. La bonne vieille poudre à canon est toujours ce qu'il y a de mieux. Vous avez besoin, également, de quelque chose qui mettra le feu à la poudre avant qu'elle fasse exploser le plastic. Vous me suivez ?

— Difficilement, mais je m'accroche, dis-je.

— Bon. La façon la plus facile de mettre le feu à la poudre, à distance, s'entend, est d'enrouler autour un filament métallique. Puis on fait passer un courant électrique dans le filament. Une fois chauffé au rouge, il allume la poudre...

— Et boum, plus de Cherokee Six.

— Euh, oui. Dans ce type de bombe, une pile de fort voltage, d'environ la taille d'une pièce de monnaie, fournit le courant électrique. Le filament chauffera si, après l'avoir enroulé, vous en fixez un bout à l'une des électrodes de la pile, et l'autre bout à l'autre électrode.

— C'est clair, dis-je. Et la bombe explose immédiatement.

Il leva les yeux au ciel.

— Pourquoi est-ce que je me suis lancé dans ces explications ? Oui, elle exploserait immédiatement. Aussi est-il indispensable de disposer d'un mécanisme qui fermera le circuit quand celui qui a fabriqué la bombe se sera mis en sûreté.

— Un ressort ? suggérai-je.

— Oui. On peut maintenir le circuit ouvert par un ressort de montre retenu par un crochet. Si l'on enlève le crochet, le ressort se détend, ferme le circuit, et voilà. Compris ? Maintenant, le crochet peut tomber grâce à un mécanisme d'horlogerie, comme celui d'un réveil ordinaire. Ou bien grâce à un signal radio transmis à distance, par l'intermédiaire d'un récepteur, d'un amplificateur et d'un solénoïde, comme les mécanismes utilisés dans les capsules spatiales.

— Qu'est-ce qu'un solénoïde, exactement ?

— Une sorte d'électro-aimant, une spirale, avec un axe à l'intérieur. L'axe monte et descend à l'intérieur de la spirale. Disons que le sommet de l'axe sort de la spirale pour retenir le ressort. Quand l'axe descend, le ressort se trouve libéré.

Je réfléchis à la question.

— Mais qu'est-ce qui peut empêcher n'importe qui de faire exploser la bombe par accident, en transmettant involontairement sur la bonne fréquence ? L'atmosphère est pleine d'ondes radio... ces bombes radio doivent être incroyablement hasardeuses, non ?

Il s'éclaircit la gorge.

— Il est possible que le mécanisme soit libéré par une combinaison radio spéciale. On peut faire une bombe dans laquelle, disons, trois signaux radio devraient être reçus dans l'ordre correct avant que le circuit se referme. Pour construire un tel mécanisme, il faudrait trois séries d'un récepteur, un amplificateur et un solénoïde chacune pour refermer le circuit... Nous avons une chance extraordinaire de retrouver cet amplificateur. Nous nous demandons s'il n'y en avait pas d'autres...

— Ça m'a l'air bien plus compliqué que le mécanisme d'horlogerie.

— D'accord. Mais c'est aussi moins rigide. On ne dépend pas d'une heure fixée à l'avance pour l'explosion.

— Ainsi, personne n'avait besoin de savoir à quelle heure nous quitterions Haydock. Il suffisait de nous voir décoller.

— Oui... Ou qu'on prévienne que vous aviez décollé.

Je réfléchis un moment.

— Ça change quelque chose ?

— J'aimerais savoir ce que vous en pensez.

— Vous devez penser la même chose que moi, protestai-je. Si on pouvait faire exploser la bombe à n'importe quelle heure, n'importe quel jour, et même n'importe quelle semaine, elle a pu être placée dans l'avion n'importe quand après la dernière révision complète.

Il eut un petit sourire.

— Et cela vous dédouanerait à moitié.

— A moitié, acquiesçai-je.

— Mais seulement à moitié.

— Oui.

Il poussa un soupir.

— Je vous ai pris par surprise avec cette histoire. J'aimerais que vous y réfléchissiez, et que vous la retourniez sous toutes ses coutures. Sérieusement. Prévenez-moi si vous avez une idée. Si cela vous intéresse de découvrir le coupable, bien entendu, et si vous voulez empêcher que cela ne se reproduise.

— Vous pensez que ça ne m'intéresse pas ?

— C'est l'impression que vous me donnez.

— Maintenant, ça m'intéresse, dis-je lentement. Que Colin Ross ne soit pas tué.

Il sourit.

— Vous êtes moins sur la défensive, aujourd'hui.

— Vous ne cherchez plus à me prendre en traître.

— Non...

Il était étonné.

— Vous êtes très observateur, n'est-ce pas ?

— C'est plutôt une question d'atmosphère.

Il hésita.

— Maintenant, j'ai lu en entier les minutes de votre jugement.

— Oh...

Je me sentis pâlir. Il m'observait.

— Savez-vous que quelqu'un y a ajouté au crayon une phrase hautement diffamatoire ?

— Non, dis-je. Première nouvelle.

— Elle dit que le président d'Interport a manifestement raison lorsqu'il prétend que l'aspirant commandant a menti sous serment tout le long de l'enquête, et que c'est à cause de sa grossière négligence, et non du commandant Shore, que l'avion a si dangereusement dévié de sa course.

Surpris, retourné, je détournai les yeux et regardai par la fenêtre, me sentant curieusement vengé et soulagé. Si tous ceux qui consultaient mon dossier pouvaient lire ce post-scriptum, mon nom était moins diffamé que je ne le pensais, pour les choses qui comptaient, tout au moins.

Je dis sans m'échauffer :

— Le commandant est toujours responsable. Quoi que fassent les autres.

— Oui.

Le silence se prolongea. Je m'arrachai à mes souvenirs vieux de quatre ans et à la contemplation du champ d'aviation.

— Merci, finis-je par dire.

Il eut un sourire imperceptible.

— Je me demandais pourquoi vous n'aviez pas perdu votre licence... ou votre emploi. Ça me semblait illogique. C'est pourquoi j'ai lu votre dossier, pour voir s'il y avait une raison.

— Vous êtes très scrupuleux.

— C'est mon métier.

— Interport savait que l'un de nous mentait... nous disions tous les deux que l'autre avait mis l'appareil en danger... mais j'étais le commandant. Inévitablement, la faute devait retomber sur moi. En fait, c'était ma faute.

— Il avait volontairement désobéi à vos instructions...

— Et je ne m'en suis aperçu que quand il était presque trop tard.

— Presque... mais il n'aurait pas dû mentir.

— Il avait peur, soupirai-je. Peur pour sa carrière.

Il laissa une demi-minute passer, sans faire de commentaires. Puis il s'éclaircit la voix :

— Je suppose que vous ne tenez pas à me dire pourquoi vous avez quitté la compagnie sud-américaine ?

J'admirai son tact.

— Une lacune dans le dossier ? suggérai-je.

Sa bouche se crispa.

— Eh bien, oui.

Silence.

— Bien entendu, vous n'êtes pas obligé...

— Non, dis-je. Pourtant...

Donnant donnant.

— Un jour, j'ai refusé de décoller parce que je trouvais que c'était dangereux. Ils ont pris un autre pilote qui estimait qu'il n'y avait pas de danger. Ils ont décollé, et il ne s'est rien passé. On m'a mis à la porte. C'est tout.

— Mais, dit-il carrément, c'est le droit le plus absolu d'un commandant de ne pas décoller s'il pense que c'est dangereux !

— Là-bas, il n'y a pas de B.A.L.P.A. pour défendre vos droits, vous savez. Ils m'ont dit qu'ils ne pouvaient pas se permettre de perdre des clients en faveur de leurs concurrents à cause de la lâcheté de leurs pilotes. Ou quelque chose de ce genre.

— Grands dieux !

Je souris.

— Mon histoire à Interport m'a probablement fait la réputation d'un pilote... disons d'une prudence excessive.

— Mais ensuite, vous êtes allé en Afrique, et vous avez pris des risques, protesta-t-il.

— C'est que... j'avais grand besoin d'argent, et la paye était fantastique. Et on n'a pas les mêmes obligations morales envers des vivres et des médicaments qu'envers des passagers.

— Mais les réfugiés et les blessés, au retour ?

— C'est toujours plus facile de repartir que d'arriver. On n'a pas de mal à retrouver sa base. Pas comme quand il faut chercher à l'aveuglette une clairière en pleine brousse, par une nuit sans lune.

Il secoua la tête d'un air médusé.

— Et pourquoi êtes-vous revenu, pour prendre un emploi aussi ennuyeux que la pulvérisation aérienne des récoltes ?

J'éclatai de rire. Je n'aurais pas cru qu'il m'arriverait jamais d'éclater de rire en présence de la commission d'enquête.

— La guerre a pris fin au Nigeria. On m'en a proposé une autre, un peu plus au sud. Mais je suppose que j'en avais ma claque. Et puis, j'avais fini de payer mes dettes. Alors, je suis revenu, et la pulvérisation aérienne est la première chose qui s'est présentée.

— Ce qu'on pourrait appeler une carrière en zigzag, commenta-t-il.

— Pas plus que beaucoup d'autres.

— Oui, c'est bien vrai.

Il se leva et jeta son gobelet vide dans la boîte à biscuits qui servait de corbeille.

— Bon... Allez-vous réfléchir un peu à cette histoire de bombe ?

— Oui.

— Je reviendrai vous voir.

Il fouilla dans une poche intérieure, et en tira sa carte.

— Si vous avez besoin de moi, vous pouvez me joindre à ce numéro.

— O.K. !

Il fit une grimace.

— Je sais ce que vous devez ressentir à notre égard.

— Aucune importance, dis-je. Aucune importance.

CHAPITRE VIII

Pendant la plus grande partie de cette semaine-là, je pilotai les gens là où on me dit de les piloter, réfléchis aux bombes radio et passai les soirées tout seul dans ma caravane.

Le mardi, j'emmenai Colin et quatre autres personnes aux courses de Wolverhampton ; le mercredi, après le départ de la commission d'enquête, j'emmenai un politicien à Cardiff, au meeting d'un syndicat en grève, et le jeudi, j'emmenai un entraîneur en différents points du Yorkshire et du Northumberland pour examiner quelques chevaux en vue d'achats éventuels.

Le vendredi matin, j'étais en train de rédiger des rapports de vol dans le bureau de Harley quand Colin appela, demandant que je vienne passer la nuit à Cambridge pour être à pied d'œuvre le samedi matin.

Harley accepta.

— Je mettrai la note d'hôtel de Matt sur votre compte.

— D'accord, dit Colin. Mais il peut dormir chez moi si ça lui plaît.

Harley me transmit le message. Est-ce que ça me plaisait ? Oui, ça me plaisait.

Harley posa le récepteur.

— Il veut faire des économies, dit-il d'un air désobligeant. Vous faire coucher chez lui, comme ça !...

Puis son visage s'éclaira.

— Je mettrai quand même le garage sur sa note.

J'allai à Cambridge avec le Cherokee, et pris les dispositions nécessaires pour qu'on me le mette au garage ce soir-là. Quand Colin arriva, il était avec quatre autres jockeys, trois que je ne connaissais pas, et Kenny Bayst. Kenny me demanda comment j'allais. Lui était frais comme un gardon, et il n'avait pas arrêté de monter depuis Newbury.

Ils avaient combiné l'emploi du temps entre eux. Tous à Brighton, Colin à White Waltham pour Windsor, retour à vide à Brighton pour reprendre les autres, retour à White Waltham, retour à Cambridge.

— Ça vous va ? demanda Colin.

— Bien sûr. Comme vous voulez.

Il se mit à rire.

— C'était toute une histoire quand on demandait quelque chose comme ça à...

— Je ne vois pas pourquoi.

— Larry avait un poil dans la main...

Ils montèrent à bord. Nous passâmes à l'est de la zone de contrôle de Londres, et survolâmes Gatwick, pour arriver à Shorenam, l'aéroport de Brighton. Colin regarda sa montre, et Kenny hocha la tête.

— Ouais, il est toujours plus rapide que Larry, je l'ai remarqué aussi.

— Harley va le saquer, dit Colin, pince-sans-rire, en débouclant sa ceinture.

— Il ne fera pas ça, non ? demanda Kenny, légèrement inquiet.

Plus rapide le voyage, plus petite la facture.

— Tout dépend du nombre de clients qu'il soufflera à Polyphanes pour être plus rapide, dit Colin en me faisant un grand sourire. Je n'ai pas raison ?

— C'est possible, acquiesçai-je.

Ils s'en allèrent en riant vers le taxi qui les attendait. Deux heures plus tard, Colin revint en courant dans sa tenue de jockey, et on fila pleins gaz vers White Waltham. Il avait gagné à Brighton. Une arrivée serrée. Il était encore un peu essoufflé. Une voiture rapide s'approcha de l'avion dès que je me fus posé, et l'emporta en trombe vers Windsor dans un nuage de poussière. Je revins à Shoreham, sans me presser, pour reprendre les autres à la fin de leur journée. C'était une belle journée d'été, chaude, bleue et ensoleillée. Ils étaient en nage quand ils revinrent.

Kenny avait gagné, et m'avait apporté une bouteille de whisky. Je lui dis qu'il ne me devait pas de cadeau.

— Ecoutez, mon vieux, c'est grâce à vous que je suis encore de ce monde et que je peux gagner une course. Alors, prenez-la.

— D'accord. Merci.

— C'est à moi de vous dire merci.

Ils étaient fatigués et expansifs. J'atterris à White Waltham avant que Colin ne revienne de Windsor, et les quatre autres bâillèrent, bavardèrent, ouvrant toutes les portes et s'éventant.

— Hé, dit Kenny Bayst en me tapant sur l'épaule, j'ai quelque chose qui pourrait vous intéresser, mon vieux.

Il tira une feuille de sa poche.

— Regardez ça.

Je pris le papier, et le lus. C'était un dépliant très

bien imprimé sur beau papier glacé. Une invitation à tous les gens liés aux courses de près ou de loin à prendre une police au Fonds d'assurances des turfistes.

— Je ne vais jamais aux courses, dis-je.

— Non, mais lisez. Lisez tout, m'exhorta-t-il. C'était dans mon courrier de ce matin. J'ai pensé que ça vous intéresserait, alors, je l'ai apporté.

Je lus toute la page. « Un maximum de mille livres pour blessures personnelles graves, cinq mille livres en cas de mort accidentelle. Prime : cinq livres. Double prime, doubles bénéfices. L'assurance à la portée de toutes les bourses. Lads, prenez une assurance pour votre femme. Jockeys au chômage, vous aurez de l'argent plein les poches. Turfistes, assurez-vous contre les accidents de la route. Entraîneurs qui prenez l'avion pour vous rendre aux rencontres, assurez-vous contre les bombes ! »

— Merde !

Kenny éclata de rire.

— Je pensais bien que ça vous plairait.

Je lui rendis la brochure en souriant.

— Ouais. Les fioritures.

— Sans compter que ce n'est sans doute pas une mauvaise idée.

La voiture de louage de Colin arriva et déchargea comme d'habitude un individu épuisé. Il se hissa jusqu'à son siège, boucla sa ceinture, et dit :

— Réveillez-moi à Cambridge.

— Ça a marché ? demanda Kenny.

— J'ai gagné les doigts dans le nez avec Export... Mais pour Uptight, dit-il en bâillant, on ferait mieux de l'envoyer à l'abattoir. Comme traînard, on ne fait pas mieux.

On le réveilla à Cambridge. D'ailleurs, il fallut pratiquement les réveiller tous. Ils descendirent en s'étirant, cols ouverts, cravates desserrées, le veston sur le bras. Colin, lui, n'avait ni veston ni cravate : son blue-jean habituel, avec sa chemise fripée, l'air de n'être personne, d'être quelqu'un dans la foule, au lieu d'être une foule à lui tout seul.

Nancy et Midge étaient venues nous chercher dans l'Aston Martin.

— On a amené un pique-nique, dit Nancy. La soirée est si belle, on va dîner à notre coin, au bord de l'eau.

Elles avaient aussi apporté deux maillots de bain de Colin, un pour lui, un pour moi. Nancy vint nager avec nous, mais Midge dit que c'était trop froid. Elle resta sur la berge, quatre montres au poignet gauche, ses longues jambes nues étendues au soleil.

Après cette journée si chaude, le bord de l'eau était frais, tranquille et reposant. Les bruits de moteur dans ma tête finirent par se taire. Je regardai une poule d'eau flotter le long des roseaux, se tordant le cou pour me fixer d'un œil luisant, observant d'un air soupçonneux Colin et Nancy qui nageaient devant moi. Je lui fis une vague en remuant l'eau avec mon bras. Elle flotta dessus comme un bouchon. C'est facile d'être une poule d'eau, pensai-je. Mais peut-être pas si facile que ça, après tout. Dans la nature, tout le monde picore à son tour. Et partout, il y en a qui sont picorés.

Nancy et Colin revinrent à la nage. Yeux souriants. Visages souriants. Ne t'attache pas, pensai-je. A personne. Pas encore.

Nancy et Midge avaient apporté un poulet froid, et une bonne salade bien craquante qu'on trempait dans une sauce de leur composition. Nous mangeâmes pendant que le soleil se couchait, et nous bûmes une bouteille de chablis, assis sur une grande couverture bleue, en jetant les os dans la rivière, pour les poissons.

Quand elle eut fini, Midge s'étendit sur la couverture, en se protégeant les yeux contre les derniers rayons du soleil.

— Il faudrait que l'été dure toujours comme ça, dit-elle avec simplicité. Les soirées chaudes. On en a si peu.

— On pourrait aller vivre dans le midi de la France, si tu voulais, dit Nancy.

— Ne dis pas de bêtises... Qui s'occuperait de Colin ?

Ils sourirent, tous les trois. Tout ce qui n'était pas dit était là. Tragique. Sans importance.

Toutes les couleurs du crépuscule finirent par se fondre en un gris uniforme. Nous restions là à paresser, à nous détendre, mâchonnant des brins d'herbe, regardant les insectes raser la surface de l'eau, et parlant à voix basse dans le doux soir d'été.

— On a perdu notre temps, l'année où on est allées au Japon avec Colin.

— C'était la nourriture plus que la chaleur.

— Je n'ai jamais pu m'habituer à leur nourriture...

— Vous êtes déjà allé au Japon, Matt ?

— J'y allais souvent quand je pilotais pour la B.O.A.C.

— La B.O.A.C. ? dit Colin, stupéfait. Pourquoi l'avez-vous quittée ?

— Pour faire plaisir à ma femme. Mais il y a bien longtemps de ça.

— Ça se voit à la façon dont vous pilotez.

— Bien sûr...

Colin se gratta paresseusement et ajouta :

— Il est temps de rentrer.

Nous nous rempilâmes dans l'Aston Martin. Colin conduisait. Les jumelles étaient assises sur mes genoux, appuyées contre ma poitrine, et elles m'avaient passé chacune un bras autour du cou pour garder l'équilibre. Pas mal. Pas mal du tout. Elles éclatèrent de rire à voir la tête que je faisais.

— Abondance de biens ne nuit pas, dit Nancy.

Avant d'aller me coucher, elles m'embrassèrent toutes les deux, avec les mêmes lèvres douces et fraîches.

Le petit déjeuner fut vite expédié, et accompagné de nombreux coups de téléphone.

— Tu veux venir, Nancy ? demanda Colin.

— Emmène Midge, dit-elle. C'est son tour.

— Non, vas-y, toi, dit Midge. Vraiment, je trouve ça fatigant de courir d'un hippodrome à un autre. Je viendrai la semaine prochaine. Ça me fera du bien.

— Tu seras bien ?

— Naturellement. Je vais m'installer au soleil dans le jardin, et penser à vous qui vous épuisez à courir en rond toute la journée.

J'arrivai à Bath sans incident. Nancy assise à ma droite jouait le rôle de copilote. Il était évident que la situation la ravissait, et, de mon côté, c'était loin de me déplaire.

— Fermez l'avion et venez aux courses, dit Colin. Vous ne pouvez pas monter la garde toute votre vie.

Le pilote de Polyphanes n'était pas en vue. Espérant que tout irait bien, je fermai l'avion et j'entrai sur l'hippodrome avec les autres.

La première personne que nous vîmes fut Acey

Jones, se dandinant sur ses béquilles, et que le soleil faisait paraître encore plus blanc que jamais.

— Ah oui, Colin, dit Nancy. Tu veux que j'envoie cinq livres au Fonds d'assurances des turfistes ? Tu sais, la brochure qu'on a reçue hier ? C'est ce type qui m'y a fait penser... il a touché mille livres pour s'être cassé la cheville. Je l'ai entendu en parler à Haydock.

— Si tu veux. Cinq livres, ça ne nous ruinera pas.

— C'est Bobbie Wessex le fondateur, commenta Annie.

— Oui, dit Nancy en hochant la tête. C'était dans la brochure.

— Vous avez lu le passage sur la bombe ? demandai-je.

Annie et Nancy éclatèrent de rire.

— Au moins, on ne manque pas d'humour, dans les assurances.

Annie se hâta vers le vestiaire, pour voir son cheval dans la première course, et Colin la suivit, afin de se changer.

— Citronnade ? suggérai-je à Nancy.

— Oh oui, des litres. Ce qu'il fait chaud !

On s'installa à l'ombre, sur l'herbe, pour boire. A dix mètres de là, Eric Goldenberg et Kenny Bayst échangeaient des mots.

— ... et ôtez-vous de l'idée que vous pouvez me mettre vos gorilles aux trousses, et venir après me demander de vous faire une fleur, parce que si vous croyez ça, vous vous mettez le doigt dans l'œil.

— Quels gorilles ? demanda Goldenberg, d'un ton pas très convaincant.

— Allez, ne faites pas l'innocent. Vous me les avez envoyés pour m'estropier, à Redcar.

— Ça doit plutôt être les bookmakers que vous avez refaits pendant que vous étiez occupé à me doubler.

— Je ne vous ai jamais doublé.

— Ça suffit comme ça ! dit Goldenberg d'un ton menaçant. Vous savez aussi bien que moi que vous m'avez doublé, espèce de petit salaud.

— Si vous pensez ça, pourquoi est-ce que vous me demandez de recommencer aujourd'hui ?

— Ce qui est passé est passé.

— Ce qui est passé n'est pas oublié.

Kenny cracha par terre aux pieds de Goldenberg, et s'en alla à la pesée. Goldenberg le regarda partir en clignant les yeux et avec un sourire venimeux. Quand je le revis, il tenait un verre plein jusqu'au bord, et parlait d'un ton hargneux à un costaud qui semblait avoir toute sa cervelle dans les biceps. Ce n'était pas un des deux qui avaient attaqué Kenny à Redcar. Je me demandai si Goldenberg avait l'intention d'engager des renforts.

— Qu'est-ce que vous pensez de Kenny Bayst ? demandai-je à Nancy.

— Quand il est arrivé, on aurait dit qu'il s'attendait à avaler tout le monde, et tout ça, parce qu'il avait fait des débuts prometteurs, chez lui. Enfin, il a quand même fait des progrès.

— Est-ce qu'il accepterait de perdre sur ordre ?

— Je crois.

— Est-ce qu'il serait possible qu'il accepte de perdre sur ordre, empoche l'argent, et essaye de gagner quand même ?

Elle sourit.

— Vous apprenez vite, dit-elle.

Nous regardâmes Colin gagner la première course.

Le cheval d'Annie Villars finit avant-dernier. Elle regardait d'un air sombre ses flancs pantelants, tandis que le successeur de Kenny Bayst essayait de justifier sa mauvaise performance.

— Annie aurait dû garder Kenny Bayst, dit Nancy.

— Il voulait quitter son écurie.

— Et Colin ne veut pas y entrer, dit-elle en hochant la tête. Annie ne fait que des bêtises cette saison.

Nous retournâmes à l'avion avant la troisième. Le pilote de Polyphanes était debout près de l'appareil, et regardait à l'intérieur par la fenêtre. Ce n'était pas le prudent spectateur de Redcar, mais son collègue de Haydock.

— Bonjour, dit Nancy.

— Bonjour, miss Ross.

Il avait ces manières polies qui semblent plus injurieuses que la grossièreté. Je me dis que ce n'était pas la meilleure méthode pour ramener Colin Ross à Polyphanes. Il s'éloigna pour rejoindre son Cessna, et j'inspectai le Cherokee centimètre par centimètre. J'eus l'impression que tout allait bien. Nancy et moi, on monta à bord, et je fis chauffer le moteur pour être prêt à décoller.

Colin et Annie arrivèrent en trombe, et je leur fis traverser pleins gaz le sud de l'Angleterre pour rejoindre Shoreham. De nouveau, Colin et Annie sautèrent dans un taxi qui les attendait, et disparurent. Nancy resta avec moi, nous nous assîmes dans l'herbe. Nous regardions les petits avions atterrir et décoller.

Vers la fin de l'après-midi, elle me demanda :

— Vous pensez piloter des avions-taxis toute votre vie ?

— Je ne sais pas. Je ne fais plus de projets.

— Moi non plus, dit-elle.

— Non ?

— Nous avons été heureux, ces dernières semaines. Midge va tellement mieux. Si ça pouvait durer.

— Vous vous en souviendrez.

— Ce n'est pas la même chose.

Plusieurs jours et plusieurs vols plus tard, je téléphonai à la commission d'enquête. En hésitant. En me méprisant de faire leur boulot à leur place, de croire que j'avais pu penser à quelque chose qui leur aurait échappé. Mais d'un autre côté, j'avais été dans l'avion. J'avais vu, entendu, et senti des choses, et pas eux.

En partie dans mon intérêt, en partie à cause de ce que Nancy avait dit sur le tueur qui continuait à courir, toujours obsédé par les mêmes motifs de tuer, j'avais finalement renoncé à l'idée que ça ne me regardait pas, que quelqu'un d'autre pouvait bien démêler tout ça, et j'étais arrivé à la conclusion que si je pouvais trouver quelque chose, ce ne serait peut-être pas si mal.

Sur quoi je dépensai un trésor de matière grise, perdu dans un labyrinthe de spéculations, pour aboutir à une série de pourquoi pas.

Il y avait Larry, par exemple. Bon, et alors, Larry ? Larry avait eu toutes les occasions de mettre la bombe à bord ; il était parti deux heures avant que je décolle pour aller prendre mes passagers à White Waltham. Mais quels qu'aient été ses motifs pour tuer Colin ou ruiner Derrydowns il n'aurait pas pu faire exploser une bombe radio puisqu'il était en Turquie à ce moment-là. Une classique bombe à retardement aurait été, pour lui, le seul moyen simple et pratique.

Suzanne... Pour aussi ridicule que cela me parût, je réexaminai soigneusement ce que la commission d'enquête m'avait dit : elle sortait de temps en temps avec un spécialiste en démolitions. Bon, tant mieux pour elle. Plus tôt elle se remarierait, mieux je me porterais. Le seul ennui, c'est que l'aversion pour le mariage provoquée par nos six derniers mois de vie conjugale semblait agir aussi bien sur elle que sur moi.

Je n'arrivais pas à croire qu'un ingénieur jouissant de toute sa raison aurait été refroidir l'ex-mari de sa petite amie occasionnelle pour toucher six mille malheureuses livres d'assurance, d'autant moins que, plus longtemps je vivrais, plus elle toucherait. Il y avait trois ans que j'avais cessé de payer les primes, mais la valeur de ce que j'avais déjà versé augmentait automatiquement avec le temps.

Les gens de Polyphanes, alors ? Toujours présents, toujours hostiles, faisant des pieds et des mains pour regagner la clientèle de Colin Ross et ruiner Derrydowns. Oui... la bombe aurait bien atteint ce dernier objectif, mais absolument anéanti le premier. Même le plus abruti des pilotes de Polyphanes n'aurait pas été tuer la poule aux œufs d'or.

Kenny Bayst... pour se venger d'Eric Goldenberg, du major Tyderman et d'Annie Villars ? Mais, comme je l'avais dit à Colin, où aurait-il trouvé une bombe à temps, et est-ce qu'il aurait accepté de nous voir mourir aussi, Colin et moi ? Ça ne me semblait pas possible.

Alors, qui ?

Comme je ne trouvais personne d'autre, je repassai tout le monde en revue. Larry, Suzanne, Polyphanes, Kenny Bayst... J'examinai leur cas en long, en large et en travers. Sans résultat. Je me fis du café, je me couchai, et je m'endormis.

Je me réveillai à quatre heures du matin, la lune en plein sur le visage. Et un fait me frappa en pleine figure, comme un coup de poing. En long, en large et en travers. Il faut regarder les choses en travers. Et en commençant par le bas.

Je commençai par le bas. Et en procédant ainsi, je trouvai la réponse qui se voyait comme le nez au milieu de la figure. Je n'arrivais pas à y croire. Ça me paraissait trop simple.

Le matin, je donnai un long coup de téléphone à un de mes cousins que j'avais perdu de vue depuis longtemps, et, deux heures plus tard, il me donna sa réponse. Et c'est alors que, m'attendant à un échec total, j'appelai la commission d'enquête.

Le Grand n'était pas là. Ils me dirent qu'il me rappellerait plus tard.

Quand il le fit, j'étais en train de rédiger des rapports.

— Commandant Shore ? dit la voix.

— Euh, oui.

— Vous vouliez me parler ?

— Vous m'avez dit... que si je pensais à quelque chose pour la bombe.

— Oui, en effet.

Un soupçon de chaleur dans la voix.

— J'ai beaucoup pensé au détonateur qu'il fallait déclencher.

— Oui ?

— Quelle taille devait avoir la bombe, à peu

près ? Le plastic, la poudre, les fils et les solénoïdes, tout ça ?

— Assez petite... on doit pouvoir faire tenir tout ça dans une boîte d'environ vingt centimètres sur dix, et cinq d'épaisseur. Peut-être même moins. Plus elles sont tassées, plus elles sont meurtrières à l'explosion.

— Et l'émetteur, il devait être grand comment pour pouvoir transmettre jusqu'à trois signaux différents ?

— De nos jours, pas très grand. Si la taille avait de l'importance... un paquet de cartes, peut-être. Mais dans ce cas, je dirais... un peu plus grand... et pour doubler la portée d'un signal, il faut quadrupler la puissance de l'émetteur, comme vous le savez sans doute.

— Oui... Je m'excuse d'entrer dans tous ces détails, mais je voulais être sûr. Parce que, bien que j'ignore le *pourquoi*, j'ai une idée quant à la personne et au moment.

— Qu'est-ce que vous dites ? demanda-t-il d'une voix étranglée.

— J'ai dit...

— Oui, oui, interrompit-il. J'ai entendu. Quand, alors... quand ?

— On l'a mise à bord à White Waltham, enlevée à Haydock, et remise plus tard, à Haydock encore.

— Que voulez-vous dire ?

— Que c'est un des passagers qui l'a apportée.

— Lequel ?

— A propos, dis-je, combien peut coûter une bombe de ce genre ?

— Oh... dans les quatre-vingts livres, dit-il impatienté. Qui est-ce ?

— Et faut-il être vraiment spécialiste pour en fabriquer une ?

— Il faut quelqu'un qui connaisse les explosifs et un peu de radio.

— C'est bien ce que je pensais.

— Ecoutez, dit-il, cessez de jouer au chat et à la souris. On dirait que ça vous amuse de taquiner la commission d'enquête... en un sens, je vous comprends, mais voulez-vous, s'il vous plaît, me dire lequel des passagers transportait une bombe avec lui.

— Le major Tyderman, dis-je.

— Le major...

Il reprit son souffle.

— Vous voulez dire maintenant que ce n'est pas le frottement de la bombe sur les câbles qui vous a convaincu d'atterrir ?... Que le major Tyderman l'avait transportée sur lui toute la journée sans le savoir ? Ou quoi ?

— Non, dis-je. Non.

— Ecoutez, bon Dieu, dit-il, exaspéré, si vous simplifiez toute l'histoire, en me disant exactement qui avait placé cette bombe sur le major Tyderman ? Qui avait l'intention de faire sauter l'avion ?

— Si vous voulez.

Je le sentais trembler. Je souris au mur de la salle des équipages.

— Bon, qui, alors ?

— Le major Tyderman, dis-je. Lui-même.

Un silence. Puis, une protestation.

— Vous pensez à un suicide ? C'est impossible. La bombe a explosé quand l'avion était au sol...

— Précisément, dis-je.

— Quoi ?

— Quand une bombe explose dans un avion, tout le monde pense automatiquement qu'elle était destinée à exploser en l'air et à tuer tous les passagers.

— Oui, évidemment.

— Supposons que la victime ait été l'avion lui-même, pas les gens...

— Mais pourquoi ?

— Je vous l'ai dit, je ne sais pas pourquoi.

— Bon, d'accord, dit-il. D'accord.

Il prit une profonde inspiration.

— Commençons par le commencement. Vous me dites que le major Tyderman, dans l'intention de faire sauter un avion pour des raisons encore inconnues, a transporté une bombe avec lui aux courses.

— Oui.

— Qu'est-ce qui vous fait penser cela ?

— C'est en y repensant... Il avait été très tendu toute la journée, et il ne voulait pas se séparer de son étui à jumelles, qui est assez grand pour contenir une bombe de la taille que vous dites.

— Mais c'est très tiré par les cheveux, dit-il.

— Bien sûr. Mais c'est le major qui m'a demandé les clés, pour aller chercher dans l'avion le *Sporting Life* qu'il y avait laissé. Il n'a pas voulu que j'y aille, bien que je le lui aie proposé. Il est revenu en disant qu'il avait refermé l'avion et il m'a rendu les clés. Bien entendu, il n'avait pas refermé. Il voulait créer une certaine confusion. Il a dévissé le panneau arrière du coffre à bagages, et a placé la bombe derrière, contre le fuselage. Une bombe magnétique, sans doute, comme je vous l'ai déjà dit, qui s'est détachée pendant notre voyage assez mouvementé.

— Il ne pouvait pas prévoir que vous atterririez à East Midlands...

— L'endroit où nous atterrissions n'avait pas d'importance. Il était prêt à faire sauter l'avion n'importe où, dès que tout le monde serait en sûreté.

— Tout ça, ce ne sont que des hypothèses.

— Il l'a fait sous mes yeux, à East Midlands. Je l'ai vu regarder autour de lui, pour voir s'il n'y avait personne près de l'appareil. Puis il a tripoté son étui à jumelles... transmettant les signaux. Ils pouvaient être à très haute ou très basse fréquence. La distance n'était pas grande. Mais, ce qui est plus important, dans ce cas, l'émetteur n'avait pas besoin de beaucoup de puissance... et pouvait être tout petit.

— Mais... d'après tous les témoignages... y compris le vôtre... il était complètement traumatisé après l'explosion.

— Traumatisé à la vue de la puissance de désintégration qu'il avait promenée sur lui toute la journée. Et en rajoutant un peu.

Il réfléchit un bon moment.

— Est-ce que quelqu'un n'aurait pas remarqué que le major ne se servait pas de ses jumelles, bien qu'il ait eu l'étui avec lui ?

— Il pouvait dire qu'il venait de les faire tomber et qu'elles s'étaient cassées. D'ailleurs, il transporte un flacon dans l'étui, en même temps que les jumelles. Il y a beaucoup de gens qui ont dû le voir, comme moi, boire un coup au goulot. Ils n'auront pas trouvé ça bizarre. Ils se seront dit qu'il avait pensé à la bouteille et oublié les jumelles.

Je l'imaginais en train de secouer la tête.

— C'est une théorie fantastique d'un bout à l'autre. Pas la moindre preuve. Rien que des suppositions. (Il marqua une pause.) Je suis désolé, monsieur Shore, je suis certain que vous avez fait de votre mieux, mais...

Je remarquai qu'il avait laissé tomber le « commandant ». Ça me fit sourire.

— Il y a encore autre chose, dis-je doucement.

— Oui ?

Il y avait un peu, un tout petit peu d'appréhension dans sa voix, comme s'il craignait d'autres fantaisies.

— J'ai contacté un de mes cousins qui est dans l'armée, et il a consulté certains dossiers pour moi. Pendant la Deuxième Guerre mondiale, le major Tyderman était dans le corps des ingénieurs royaux, et commandait une unité qui a passé presque toutes les hostilités en Angleterre.

— Je ne vois pas...

— Ils s'occupaient des bombes qui n'avaient pas explosé.

CHAPITRE IX

C'est le lendemain que Nancy pilota Colin pour se rendre à Haydock. Ils partirent dans le petit Cherokee quatre places de 140 chevaux que Nancy louait à son club pour prendre ses leçons et s'entraîner. Ils décollèrent de Cambridge un peu avant moi, qui partais à pleine charge dans le Cherokee Six. J'avais revu son plan de vol avec elle, lui expliquant le mieux possible tous les problèmes techniques qu'elle rencontrerait, et les nombreux règlements auxquels elle aurait à se conformer dans la zone de contrôle complexe de Manchester. La météo annonçait un ciel dégagé jusqu'au soir ; le radar viendrait à son secours si elle se perdait, et je l'entendrais pratiquement tout le temps par radio en la suivant.

Colin me fit un grand sourire.

— Harley serait horrifié s'il savait que vous la chouchoutez à ce point. « Qu'ils aient une trouille de tous les diables », qu'il dirait, « comme ça, ils voyageront tout le temps avec nous, et laisseront tomber ces petites fantaisies ! »

— Oui, admis-je. Mais Harley veut vous conserver sain et sauf, non ?

— Est-ce qu'il vous a demandé de nous aider ?

— Non, pas vraiment.

— C'est bien ce que je pensais.

Harley avait grogné :

— Je ne voudrais pas que ça devienne une habitude, chez eux. Persuadez Colin Ross qu'elle n'a pas assez d'expérience.

Il n'y avait nul besoin de persuader Colin : il en était certain. Mais il voulait aussi faire plaisir à Nancy. Elle s'installa aux commandes, les yeux brillants comme une gosse à qui l'on donne un sucre d'orge.

Le Derrydowns Six avait été loué par un entraîneur qui n'était pas au courant, et qui s'était arrangé pour partager les frais avec Annie Villars et Kenny Bayst. Même diluée par la présence de l'entraîneur en question, du propriétaire grande gueule du cheval qu'il entraînait, et du jockey qui devait le monter, l'atmosphère, au moment de l'embarquement, était délétère.

Jarvis Kitch, l'entraîneur, qui aurait pu faire quelque chose pour améliorer la situation, se drapa dans sa dignité offensée.

— Comment pouvais-je savoir qu'ils se haïssent à mort ? se plaignit-il à moi avec colère.

— Vous ne pouviez pas le savoir, dis-je d'un ton conciliant.

— Ils m'ont juste appelé pour me demander s'il restait des places. Annie, hier. Kenny Bayst, avant-hier. J'ai dit oui. Comment est-ce que j'aurais pu savoir ?...

Le propriétaire grande gueule, qui, de toute évidence, payait la facture, demanda quelle importance ça pouvait bien avoir, puisqu'ils payaient leur part. Il avait l'accent du Nord et des manières grossières ; le genre d'homme à estimer que, quand il avait acheté les services d'un homme, il avait aussi acheté son âme. L'entraîneur battit précipitamment en retraite ; le petit jockey ne desserra pas les dents de tout le trajet. Le propriétaire, dont j'appris plus tard en consultant le programme qu'il s'appelait Ambrose, me dit alors de commencer à me remuer, vu qu'il ne m'avait pas loué pour passer toute la journée à Cambridge.

Annie Villars fit remarquer avec embarras que le commandant d'un avion est seul maître à bord, comme le capitaine d'un navire.

— Foutaises ! dit-il. Sur un petit zinc comme ça, il n'est rien de plus qu'un chauffeur. Il nous transporte d'un endroit à un autre, non ? Il est à louer, non ?

Je poussai un soupir, montai à bord et bouclai ma ceinture. Ce n'était pas la première fois que je rencontrais ce genre d'individu, mais le voyage ne fut tout de même pas des plus agréables.

Le Cherokee Six faisait quatre-vingts kilomètres à l'heure de plus que le Cent Quarante, de sorte que je finis par dépasser Nancy. Je l'entendais demander des directives par radio, elle m'entendait aussi. D'une certaine façon, on se tenait compagnie. Et elle se débrouillait très bien.

J'atterris à Haydock quelques minutes avant elle, et déchargeai mes passagers à temps pour la regarder atterrir. Elle fit un numéro pour impressionner la galerie, touchant le sol avec la légèreté d'une plume. Je souris intérieurement. Pas mal pour un simple amateur qui n'a que quatre-vingt-dix heures de vol à son actif. Et le voyage n'avait pas été des plus faciles. Après ça, il n'y aurait plus moyen de la tenir.

Elle s'arrêta à quelque distance de moi, je finis de

fermer le Cherokee, et je me dirigeai vers elle en disant qu'elle allait casser le train d'atterrissage si elle continuait à se poser aussi rudement.

Elle me fit une grimace, excitée et ravie.

— C'était formidable. Sensationnel. Les gars du radar, à Liverpool, ont été merveilleux. Ils m'ont dit exactement ce qu'il fallait faire pour contourner la zone de contrôle et qu'ils m'amèneraient juste au-dessus du champ de courses, ce qu'ils ont fait.

Colin était fier d'elle, et la taquina affectueusement.

— On est arrivés sains et saufs, mais il faut encore rentrer.

— Rentrer, c'est toujours plus facile, dit-elle avec confiance. Et autour de Cambridge il n'y a pas de ces règles si difficiles des zones de contrôle.

Nous nous baissâmes pour passer sous la barrière, et partîmes tous ensemble vers le paddock. Nancy parlait sans discontinuer, comme si elle était ivre. Colin me sourit. Je lui souris aussi. Il n'y a rien de si exaltant que la réussite.

Nous le laissâmes à la pesée, et allâmes prendre un café.

— Vous vous rendez compte qu'il y a à peine un mois que nous nous sommes rencontrés pour la première fois, à Haydock ? dit-elle. Le jour de la bombe. Un mois seulement. J'ai l'impression de vous avoir connu la moitié de ma vie.

— J'espère bien vous connaître pendant toute l'autre moitié, dis-je.

— Qu'est-ce que vous avez dit ?

— Rien... Sandwich à la dinde, ça vous va ?

— Mmm, c'est bon.

Elle me regarda, hésitante.

— Qu'est-ce que vous vouliez dire ?

— Des mots en l'air, comme ça.

— Ah...

Elle mordit dans son épais sandwich. Elle avait de bonnes dents bien solides. Je me dis que j'étais idiot. Idiot de m'attacher, idiot de commencer à l'aimer. Je n'avais rien à offrir à personne, que des ruines. Et elle, la sœur de Colin Ross, elle avait tout le monde à ses pieds. Si j'étais un iceberg, comme une fille me l'avait déjà dit, autant rester iceberg. Quand la glace se met à fondre, c'est toujours dégueulasse.

— Vous vous refermez comme une huître, dit-elle en m'observant.

— Non.

— Oh si. Ça vous arrive, de temps en temps. Vous avez l'air calme et détendu, et puis il se passe quelque chose à l'intérieur, et vous montez dans la stratosphère. Quelque part où il fait froid, dit-elle en frissonnant. Glacial.

Je bus mon café, laissant à la stratosphère le temps d'agir. Le temps de regeler les endroits qui commençaient à fondre.

Colin gagna deux courses, dont la plus importante de la journée. Le cheval d'Annie Villars arriva deuxième, et Kenny Bayst gagna une course sur une objection. Le cheval d'Ambrose grande gueule termina quatrième, ce qui n'annonçait rien de bon pour le retour.

Le retour commençait d'ailleurs à m'inquiéter. Le front chaud qu'on avait annoncé pour le soir semblait en avance sur l'horaire. Comme une couverture qu'on déroule sur un lit, des nuages amenés par un vent du nord-ouest commençaient à recouvrir le ciel.

Nancy leva les yeux quand le soleil disparut.

— Mais, d'où viennent donc tous ces nuages ?

— C'est le front chaud.

— Flûte... vous croyez qu'ils vont aller jusqu'à Cambridge ?

— Je peux me renseigner, si vous voulez.

J'appelai Cambridge, et je leur demandai où en étaient les prévisions météo. Nancy était debout à côté de moi dans la cabine. Je demandai à Cambridge de répéter ce qu'ils venaient de me dire. Nancy exhalait un délicat parfum de fleur. Vous avez bien dit deux mille pieds ? demandai-je. Oui, répondit Cambridge avec une patience forcée, nous vous l'avons déjà dit deux fois.

Je posai le récepteur.

— Le front chaud n'arrivera pas là-bas avant trois ou quatre heures, et même dans ce cas, la base des nuages sera à deux mille pieds. Vous ne devriez pas avoir d'ennuis.

— De toute façon, dit-elle, j'ai atterri des douzaines de fois à Cambridge. Même s'il y a des nuages au moment où j'arriverai, je suis sûre de me débrouiller.

— Vous avez déjà atterri sans moniteur ?

Elle hocha la tête.

— Plusieurs fois. Par beau temps, bien sûr.

Je réfléchis.

— Légalement, vous n'avez pas le droit de transporter des passagers par temps nuageux.

— Ne vous faites pas tant de souci. Il n'y aura pas de nuages. Ils ont bien dit que le temps était dégagé, maintenant ? Et si la base est à deux mille pieds quand j'arriverai, je peux facilement rester au-dessous.

— Oui, je suppose que vous pouvez.

— Et il faut bien que je rentre, non ? dit-elle d'un air sérieux.

— Mmm...

Nous retraversâmes la piste.

Etalant les cartes sur l'aile, je revis son plan de vol avec elle, pas à pas, puisque ça la rassurait. Elle prenait la même route qu'à l'aller, suivant le radiophare de Lichfield : ce n'était pas le plus court chemin, mais la navigation était plus facile. Comme elle l'avait dit, c'était plus simple qu'à l'aller. Je calculai les temps de vol entre les différents points et les notai pour elle sur son plan de vol.

— Vous allez cinq fois plus vite que moi, soupira-t-elle.

— Mais j'ai aussi un peu plus de pratique.

Je repliai la carte et y fixai d'un trombone le plan de vol.

— A tout à l'heure à Cambridge, dis-je. Avec un peu de chance.

— Méchant.

— Nancy...

— Oui ?

Je ne savais pas moi-même ce que j'allais dire. Elle attendait. Au bout d'un moment, je dis d'un ton grave :

— Faites attention.

Elle sourit à moitié.

— Soyez tranquille.

Colin traversa la piste en traînant les pieds.

— Mon Dieu, ce que je suis fatigué ! dit-il. Comment va mon pilote ?

— Prêt, consentant, et, si c'est votre jour de chance, capable.

Je fis pour elle les vérifications extérieures pendant qu'ils s'installaient. Pas de bombe en vue. Je ne m'attendais pas à en trouver. Elle démarra le moteur quand je lui eus donné le feu vert, et ils me firent de grands signes en commençant à rouler. Elle tourna dans le vent au bout de la piste, accéléra vivement, et s'éleva dans le ciel gris pâle. Les nuages étaient un poil plus bas qu'avant. Mais ça n'avait rien d'inquiétant. Pas si le ciel était dégagé à Cambridge. Je me dirigeai tranquillement vers le Cherokee Six. Annie Villars et Kenny Bayst étaient déjà là, regardant ostensiblement dans deux directions opposées. J'ouvris les portes, et Annie embarqua sans desserrer les dents. Je félicitai Kenny pour sa victoire. Elle en avait besoin, crut-il bon de faire remarquer.

L'entraîneur et le jockey d'Ambrose revinrent lentement, l'air pensif, et enfin, Ambrose parut lui-même, le visage congestionné, exhalant un nuage de vapeurs de bière. Dès qu'il fut près de moi, j'en fus environné.

— J'ai laissé mon chapeau au vestiaire, dit-il. Faites-y un saut et allez me le chercher.

Tout d'un coup, Kenny et les deux autres furent pris du besoin irrésistible d'embarquer sur-le-champ, faisant ceux qui n'avaient pas entendu. A moins de dire : « Allez-y vous-même », et de faire perdre un client à Derrydowns, j'étais bon pour la corvée. Je repartis d'un pas traînant, traversai le paddock, entrai au vestiaire des propriétaires et pris le chapeau à la patère. Le ruban en était si graisseux que je me demandai comment Ambrose avait le culot de l'exhiber.

Je me retournai et me dirigeai vers la porte. Une poigne de fer me saisit le bras.

Je pivotai sur moi-même. Les mains crispées sur mon bras appartenaient au major Tyderman.

— Major ! m'exclamai-je, très étonné.

Je ne l'avais pas vu de tout l'après-midi.

— Shore !

Il était encore plus stupéfait de me voir. Et plus que stupéfait. Horrifié. Le sang se retirait de son visage, et il verdissait à mesure que je le regardais.

— Shore... qu'est-ce que vous faites là ? Vous êtes revenu ?

Perplexe, je dis :

— Je suis venu chercher le chapeau de M. Ambrose.

— Mais... vous avez décollé... avec Colin et Nancy Ross.

Je secouai la tête.

— Non. C'est Nancy qui pilotait.

— Mais... vous les avez amenés.

Il avait l'air à l'agonie.

— Non. J'ai amené cinq passagers.

L'inquiétude qui le traumatisait me submergea comme une lame de fond. Maintenant, il se cramponnait à mon bras davantage pour ne pas tomber que pour attirer mon attention.

— Major, dis-je, la voix tremblant d'un terrible, d'un terrifiant soupçon, vous n'avez pas mis une autre bombe dans cet avion, non ? Dites... pas une autre bombe ?

— Je... je...

Sa voix s'étrangla.

— Major...

Je dégageai mon bras et le secouai vigoureusement. Le chapeau d'Ambrose roula sur le sol et y resta.

— Major..., dis-je en lui serrant férocement les bras, *pas une autre bombe* ?

— Non... mais...

— Mais *quoi* ?

— Je croyais... que c'était vous qui pilotiez... je pensais que vous étiez avec eux... que vous arriveriez à vous débrouiller...

— Major...

Je le secouai à lui arracher les deux bras.

— Qu'est-ce que vous avez fait à cet avion ?

— Je vous ai vu... avec eux... quand ils sont arrivés. Et retourner... et regarder les cartes... et faire les vérifications... J'étais sûr... que c'était vous qui pilotiez... et que vous... vous... pouviez vous en tirer mais Nancy Ross... Oh ! mon Dieu !...

Je lui lâchai un bras, et le frappai en pleine figure.

— *Qu'est-ce que vous avez fait à cet avion ?*

— Vous ne pouvez... rien faire...

— Je vais la faire revenir. Atterrir immédiatement.

Il secoua la tête.

— Vous... ne pourrez pas... Elle n'aura pas de radio... J'ai mis...

Il déglutit péniblement, et se frotta le visage à l'endroit où je l'avais frappé.

— J'ai mis... du chatterton... avec de l'acide nitrique... sur le fil... de l'interrupteur général.

Je lâchai son autre bras, et le regardai, réalisant enfin. Puis, sans me rendre compte de ce que je faisais, je ramassai le chapeau d'Ambrose, et me mis à courir. A courir. A courir à travers le paddock, à travers la piste, vers l'avion. Je n'avais même pas frappé une nouvelle fois le major pour ce qu'il avait fait. Pas pensé. Je ne pensais qu'à Nancy, qui, avec son peu d'expérience, allait se voir confrontée à une panne électrique totale.

Elle pouvait s'en tirer, bien sûr. Le moteur ne s'arrêterait pas. L'altimètre, le badin, la boussole, tous ces instruments essentiels ne seraient pas affectés. Ils fonctionnaient par magnétisme, pression atmosphérique ou gyroscope actionné par le moteur.

Mais tous les voyants marqueraient zéro, et la jauge d'essence indiquerait que le réservoir était vide. Elle ne saurait pas combien d'essence il lui resterait. Mais elle saurait, pensais-je, qu'elle en avait assez pour deux heures de vol.

Le pire, c'était la radio. Elle n'aurait aucune communication avec le sol, et ne pourrait recevoir aucune instruction de navigation. Bon... il y avait des tas de gens qui volaient sans radio, simplement parce qu'ils ne l'avaient pas fait installer. Si elle avait peur de se perdre, elle pouvait atterrir sur la première piste venue.

Rien n'était peut-être encore arrivé. Sa radio fonctionnait peut-être encore. L'acide nitrique n'avait peut-être pas encore rongé complètement le fil électrique principal.

Tant que j'étais au sol, il ne leur était pas possible de m'entendre, mais si je décollais assez vite, je mettrais au courant les gens de la tour de contrôle de Manchester, qui seraient à même de lui transmettre les faits, lui dire d'atterrir aussitôt qu'elle le pourrait... Et une fois qu'ils seraient en sûreté au sol, ce serait facile de réparer le câble.

Je donnai son chapeau à Ambrose. Il était toujours à terre, attendant que je m'installe sur mon siège de gauche. Je le fis sans perdre une seconde et il se hissa à ma suite. Le temps qu'il boucle sa ceinture, j'avais déjà démarré le moteur, mis mes écouteurs et fait chauffer la radio.

— Vous êtes bien pressé, dit Ambrose, comme je roulais juste au-dessous de la vitesse de décollage jusqu'au bout de la piste.

— Il faut que j'envoie un message à Colin Ross qui est parti avant nous.

— Oh...

Il hocha la tête. Il savait que les Ross étaient déjà en l'air, que Nancy pilotait.

— Dans ce cas, d'accord.

S'il croyait que je ne pouvais même pas me presser sans sa permission, il allait déchanter. Car je ne le ramènerais pas à Cambridge avant d'être sûr que Nancy et Colin étaient en sécurité.

Comme il n'y avait qu'un casque d'écoute, Ambrose n'entendait pas ce qu'on me disait, et, avec le micro près des lèvres, je doutais qu'il puisse entendre ce que je disais par-dessus le bruit du moteur. J'avais l'intention de retarder aussi longtemps que possible les objections qu'il ne manquerait pas de faire.

A deux cents pieds d'altitude, j'appelai le contrôleur du trafic aérien à Liverpool. Je lui expliquai que la radio de Nancy était peut-être défectueuse ; je lui demandai s'il l'avait entendue.

Oui, il l'avait entendue. Il l'avait dirigée par radar hors de la zone de contrôle, puis l'avait confiée à ceux de Preston. Puisque je devais rester sur sa fréquence jusqu'à ce que je sois moi-même sorti de sa zone, je lui demandai de voir si Preston était toujours en contact avec elle.

— Restez à l'écoute, dit-il.

Après deux longues minutes, la voix reprit :

— Ils lui ont parlé, dit-il brièvement. Ils ont perdu le contact au milieu d'une de ses transmissions. Ils n'arrivent plus à la joindre.

Salaud de major, pensai-je avec colère. Dangereux imbécile.

Je demandai d'une voix normale :

— Est-ce qu'ils avaient sa position ?

— Restez à l'écoute.

Une pause. Il revint.

— Elle allait sur Lichfield, E.T.A. Lichfield, trois cinq, volant à vue au-dessus des nuages, niveau de vol quarante-cinq.

— Au-dessus des nuages ? répétai-je avec appréhension.

— Affirmatif.

Nous avions nous-mêmes pris de l'altitude sans discontinuer. Nous étions entrés dans de légères formations nuageuses à deux mille pieds, et en avions émergé dans le soleil à quatre mille pieds. Au-dessous de nous, partout, dans toutes les directions, s'étendait une couverture floconneuse qui dissimulait la terre. Elle avait été obligée, elle aussi, de monter à cette altitude, car les Pennines, à l'est de Manchester, s'élevaient à près de trois mille pieds, et les sommets étaient cachés dans les nuages. Comme elle n'avait pas la place de passer entre les nuages et les sommets, elle avait dû, ou revenir en arrière, ou prendre de l'altitude. Elle n'aurait vu aucun inconvénient à monter. Avec une bonne navigation radio et des bonnes prévisions météo pour Cambridge, c'était raisonnable.

— Elle va à Cambridge, dis-je. Pouvez-vous savoir quel temps il fait là-bas ?

— Restez à l'écoute.

Pause beaucoup plus longue. Puis la voix reprit, grave, et articula :

— Cambridge, les nuages ont gagné rapidement,

venant du sud-ouest, actuellement, ciel couvert aux huit huitièmes, base à mille deux cents pieds, sommet à trois mille cinq cents pieds.

Je n'accusai pas réception tout de suite ; je digérais les effrayantes implications contenues dans ses paroles.

— Confirmez réception, dit-il sèchement.

— Réception confirmée.

— Les derniers bulletins météo indiquent que le ciel est totalement couvert dans toute la région au sud de la Tees.

Sa voix laconique était délibérément calme, mais il devait se rendre parfaitement compte de la gravité de la situation. Nancy était en train de voler au-dessus des nuages, sans aucun moyen de savoir où elle se trouvait. Elle ne pouvait pas voir le sol, et ne pouvait demander de directives à personne. Comme la jauge d'essence ne fonctionnait pas, elle ne saurait pas exactement combien de temps elle pourrait tenir l'air ; elle serait obligée de redescendre au-dessous des nuages tant qu'elle avait encore du carburant pour pouvoir chercher un endroit où atterrir. Mais si elle descendait trop tôt ou au mauvais endroit, elle pouvait très bien s'écraser contre une colline cachée dans les nuages. Même pour un pilote très expérimenté, c'était une situation sérieuse.

Je dis, avec le même calme étudié et artificiel :

— Est-ce que les stations radar de la R.A.F. peuvent la retrouver et la suivre ? Je connais son plan de vol... C'est moi qui le lui ai établi. Elle s'y tiendra sûrement, car elle pense toujours que le temps est dégagé à Cambridge. Je pourrais la suivre... et la trouver.

— Restez à l'écoute.

Nouvelle pause pendant les consultations.

— Mettez-vous sur la fréquence du radar de Birmingham, unité huit zéro cinq.

— D'accord, dis-je. Et merci.

— Bonne chance, dit-il. Vous en avez besoin.

CHAPITRE X

Il avait expliqué la situation à Birmingham. Je donnai au contrôleur du radar l'itinéraire de Nancy, sa vitesse et l'heure à laquelle elle devait atteindre Lichfield, et, au bout de quelques instants, il revint, et dit qu'il y avait au moins dix avions sur son écran, mais qu'il n'avait aucun moyen de déterminer lequel c'était.

— Je vais consulter la R.A.F. de Wymeswold... ils sont peut-être moins occupés que nous... ils auront plus de temps à vous donner.

— Dites-leur qu'à environ cinq trois elle mettra le cap sur unité deux cinq.

— O.K., dit-il. Restez à l'écoute.

Il revint.

— R.A.F. Wymeswold dit qu'ils vont la chercher.

— Formidable, dis-je.

Au bout d'un moment, il dit d'un ton incrédule :

— On nous informe que Colin Ross est à bord de l'avion sans radio. Pouvez-vous confirmer ?

— Rapport confirmé, dis-je. C'est sa sœur qui pilote.

— Mon Dieu ! dit-il. On ferait bien de la trouver.

Je leur avais demandé de me faire traverser la zone

de contrôle, au lieu de la contourner, et je me dirigeai vers Northwich, puis vers le radiophare de Lichfield. Je calculai que nous avions décollé une bonne demi-heure après elle, et que, malgré le raccourci et la vitesse supérieure du Cherokee Six, il serait difficile de la rattraper avant Cambridge. Je regardai ma montre. C'était au moins la vingtième fois. Cinq heures cinquante. A cinquante-trois, elle tournerait au-dessus de Lichfield... Seulement elle ne saurait pas qu'elle serait à Lichfield. Si elle tournait comme prévu, ce serait de sa part un acte de foi.

Le radar de Birmingham m'appela :

— Cambridge annonce une détérioration continue du temps. Actuellement, la base des nuages est à huit cents pieds.

— O.K., dis-je simplement.

Il s'écoula encore cinq minutes. Puis il annonça :

— Wymeswold annonce qu'un avion sur leur écran est passé du cap unité six zéro au cap unité deux cinq, mais il est à cinq milles au nord-est de Lichfield. L'avion n'est pas identifié. Ils continuent à le surveiller.

— O.K.

Elle pouvait dériver vers le nord-est, pensai-je, car le vent du sud-ouest était plus fort qu'à l'aller, et je n'en avais pas suffisamment tenu compte en établissant son plan de vol. Je pressai le bouton de transmission et en informai l'homme du radar.

— Je vais les prévenir, dit-il.

Et nous continuâmes. Je regardai mes passagers. Ils avaient l'air ennuyés, pensifs et fatigués. Aucun d'entre eux ne remarquerait probablement rien quand nous abandonnerions notre itinéraire pour aller chercher Nancy, mais ils s'en apercevraient sûrement quand on la retrouverait. Si on la retrouvait.

— Wymeswold annonce que l'avion qu'ils surveillaient a tourné au nord, cap zéro unité zéro.

— Oh non..., fis-je.

— Restez à l'écoute...

Trop facile, pensai-je avec désespoir. Ç'aurait été trop facile. L'avion qui avait pris le bon cap au bon moment, à peu près au bon endroit, n'était pas le bon avion, en fin de compte. Je respirai à fond, trois fois. Concentré sur l'idée que, où qu'elle fût, elle n'était pas en danger immédiat. Elle avait encore une heure et demie de carburant.

J'avais plus d'une heure pour la trouver. Dans près de neuf mille kilomètres carrés de ciel, aussi unis que le désert. Du gâteau.

— Wymeswold annonce que le premier avion a apparemment atterri à East Midlands, mais qu'il y a une autre possibilité dix milles à l'est de Lichfield, cap actuel unité deux zéro. Pas d'information sur l'altitude.

Pas d'information d'altitude, ça voulait dire que la tache lumineuse de leurs écrans pouvait aussi bien être à trente mille pieds ou plus.

— Restez à l'écoute.

Je restai à l'écoute. Si j'avais pu me ronger les ongles, je l'aurais fait. Je jetai un regard en coin à Ambrose, et, sans me presser, je vérifiai notre propre altitude, puis la vitesse et la direction. Lichfield droit devant nous, à onze minutes. A quarante minutes de Cambridge. Trop long. Il fallait accélérer. Je mis pleins gaz. Toute la puissance. Je ne pouvais rien faire de plus.

— Avion possible tient cap unité zéro cinq. Si le cap actuel est maintenu, il arrivera à trente milles au nord de Cambridge ; à vingt environ.

— O.K.

Je regardai ma montre, fis un rapide calcul mental et pressai le bouton de transmission :

— L'avion n'est pas le bon. Il va trop vite. A quatre-vingt-dix nœuds, elle ne sera pas dans la région de Cambridge avant trente-cinq ou quarante.

— Compris.

Court silence.

— Branchez-vous maintenant sur R.A.F. Cottesmoore, Radar Nord, fréquence unité deux deux virgule un. Je vous passe à eux.

Je le remerciai. Changeai de fréquence. Cottesmoore dit qu'ils étaient au courant et cherchaient. Au sud, ils avaient sept avions allant en direction ouest-est, tous non identifiés, et aucune altitude n'était connue.

Sept. Elle pouvait être l'un d'eux. Elle s'était peut-être complètement perdue, avait fait demi-tour et était repartie vers Manchester. J'en eus la chair de poule. Elle aurait sûrement assez de bon sens pour ne pas entrer sans radio dans une zone de contrôle. Et, de toute façon, elle pensait toujours que le temps était dégagé à Cambridge...

J'atteignis le radiophare de Lichfield. Tournai pour Cambridge. En informai Cottesmoore. Ils ne m'avaient pas sur leurs écrans : j'étais encore trop loin.

Je maintins obstinément le cap sur Cambridge, au-dessus de l'immensité cotonneuse. Le soleil chauffait la cabine, et tous mes passagers, sauf Ambrose, s'endormirent.

— Un avion non identifié a atterri à Leicester, dit le radar de Cottesmoore. Un autre semble se diriger droit sur Peterborough.

— Ça en laisse cinq ? demandai-je.

— Six... maintenant, il y en a un autre plus à l'ouest.

— C'est peut-être moi.

— Tournez de trente degrés à gauche pour identification.

Je tournai comme il me l'avait demandé.

— Identifié, dit-il. Reprenez votre cap.

Je repris mon cap, étouffant l'angoisse qui m'étreignait plus fort de minute en minute. Ils devaient la trouver, pensai-je. Ils le *devaient*.

Cottesmoore dit :

— Un des avions est passé juste au sud et a tourné vers le nord.

Pas elle.

— Le même avion a fait un cercle complet et a repris le cap unité zéro.

C'était peut-être elle. Si elle avait repéré un trou dans les nuages. Elle était peut-être allée voir si elle pouvait descendre sans danger. Puis avait découvert que c'était impossible et repris son cap, allant dans une direction qu'elle croyait être celle de Cambridge.

— C'est peut-être elle, dis-je.

Ou quelqu'un d'autre ayant les mêmes difficultés. Ou quelqu'un qui s'exerçait à tourner. Ou n'importe quoi.

— L'avion en question a mis maintenant cap plein sud... légèrement à l'ouest... refait un cercle... jusqu'au sud-est... reprend cap unité unité zéro.

— Elle cherche peut-être des trous dans les nuages, dis-je.

— Peut-être. Restez à l'écoute.

Pause. Puis, de nouveau la voix, lointaine et prudente :

— Base des nuages dans cette région à six cents pieds. Temps couvert à huit huitièmes. Pas de trous.

Oh ! Nancy...

— Je vais essayer de le rattraper, dis-je. Pouvez-vous me donner un cap pour me rapprocher de sa trajectoire actuelle ?

— D'accord, dit-il. Tournez à gauche, sur cap zéro neuf cinq. Vous êtes à trente milles à l'ouest. J'estime votre vitesse à cent cinquante nœuds. L'avion en question fait du quatre-vingt-quinze nœuds environ.

Il me faudrait vingt-cinq à trente minutes pour le rattraper.

— L'avion en question recommence à tourner en rond... reprend le cap unité unité zéro...

Plus il tournait, plus vite je le rattraperais. Mais si ce n'était pas Nancy... J'essayai de chasser violemment cette idée de mon esprit. Si ce n'était pas elle, nous ne la retrouverions peut-être jamais.

Ambrose me toucha le bras, et j'étais tellement concentré que je sursautai.

— Nous avons dévié, dit-il d'un ton dogmatique en tapotant la boussole. Nous allons plein est. Il vaudrait mieux qu'on ne se perde pas.

— Nous sommes sous le contrôle du radar, dis-je sans me troubler.

— Oh... je vois, dit-il, incertain.

Il faudrait bien que je le mette au courant, pensai-je. Je ne pouvais pas remettre ça indéfiniment. Je leur expliquai donc la situation aussi brièvement que je le pus, passant sous silence le rôle joué par le major Tyderman et hurlant pour me faire entendre par-dessus le bruit du moteur.

Il avait l'air incrédule.

— Vous voulez dire que nous parcourons le ciel à l'aveuglette, pour rechercher Colin Ross ?

— Dirigés par radar, corrigeai-je.

— Et qui, demanda-t-il d'un air belliqueux, va payer les frais ? Certainement pas moi. Vous avez fait preuve d'une légèreté inadmissible en changeant de cap sans me demander ma permission.

Cottesmoore reprit :

— L'avion est maintenant au-dessus de Stamford, et s'est remis à tourner en rond.

— O.K., dis-je.

Pour l'amour du Ciel, Nancy, pensai-je, n'allez pas essayer de descendre au-dessous des nuages juste à cet endroit-là. Le pays était plein de collines, et il y avait une antenne radio de cent cinquante mètres.

— Tenez le cap unité unité zéro pour vous rapprocher.

— Unité unité zéro.

— L'avion a repris son premier cap.

Je poussai un soupir de soulagement.

— Vous avez entendu ce que j'ai dit ? demanda Ambrose avec colère.

— Nous avons le devoir d'aider un avion en difficulté, dis-je.

— Pas à mes frais, ça non.

— Vous ne paierez, dis-je patiemment, que le prix normal du voyage.

— La question n'est pas là. Vous auriez dû me demander la permission. Je suis très mécontent. Je me plaindrai à Harley. Nous n'aurions pas dû changer de cap. Quelqu'un d'autre se serait chargé d'aider Colin Ross. Pourquoi nous ?

— Je suis sûr qu'il sera intéressé par votre point de vue, dis-je poliment. Et je suis persuadé qu'il paiera les frais occasionnés par son sauvetage.

Il me fusilla du regard, sans voix, étranglé par la colère.

Annie Villars se pencha et me tapota l'épaule.

— Vous avez bien dit que Colin Ross est en perdition ? En plein ciel, vous voulez dire ? Au-dessus des nuages ?

Je les regardai. Ils étaient tous réveillés, tous inquiets.

— Oui, dis-je brièvement. Sans radio. Les gars du radar pensent qu'ils les ont trouvés. On va voir.

— Si on peut vous aider, dit Annie, on fera tout ce qu'on pourra.

Je lui souris par-dessus mon épaule. Ambrose se retourna vers elle et commença à râler. Elle eut vite fait de lui clouer le bec.

— Est-ce que vous proposez sérieusement de ne rien faire pour les aider ? Vous devez avoir perdu l'esprit. C'est notre devoir le plus clair et le plus absolu de faire tout ce que nous pouvons pour eux. Et un commandant n'a pas à demander la permission de ses passagers pour se porter au secours d'un appareil en difficulté.

Il grommela quelque chose au sujet des frais. Annie dit d'un ton tranchant :

— Si vous êtes trop avare pour payer quelques livres de plus afin de participer à une opération dont dépend peut-être la vie de Colin Ross, je me ferai un plaisir de payer le tout de ma poche.

— Brave petite, dit tout haut Kenny Bayst.

Annie Villars le regarda, stupéfaite mais pas mécontente. Ambrose reprit sa position initiale. Son visage avait viré à l'aubergine. J'espérais que c'était la honte et l'embarras, et non les signes avant-coureurs de l'apoplexie.

— L'avion tourne en rond, annonça Cottesmoore. Il est maintenant juste au sud de Peterborough... Tenez votre cap actuel... Je vous passe à Wytton... inutile de leur expliquer... ils sont au courant.

— Merci beaucoup, dis-je.

— Bonne chance...

Wytton, le maillon suivant de la chaîne, la station principale de la R.A.F., au nord-est de Cambridge, était nerveux, détaché, efficace.

— Base des nuages à six cents pieds au-dessus de Cambridge. Pas de changement depuis une demi-heure. Visibilité, trois kilomètres avec pluie légère. Vents de surface deux quatre zéro, dix nœuds.

— Confirme réception météo, dis-je machinalement.

J'étais en train de regarder la carte. Une autre antenne de radio, de deux cents mètres, celle-là, juste au sud de Peterborough. Continuez, Nancy, pensai-je, continuez, n'essayez pas de descendre ici. Pas ici...

Wytton dit :

— L'avion a repris le cap unité unité zéro.

Je me frictionnai le cou. J'étais trempé de sueur.

— Prenez le cap zéro neuf cinq. Vous êtes maintenant à dix milles à l'ouest de l'avion.

— Je monte au niveau de vol quatre-vingts. Pour mieux voir.

— D'accord pour quatre-vingts.

L'aiguille de l'altimètre indiqua bientôt huit mille pieds. La blancheur cotonneuse s'étendait à perte de vue dans toutes les directions, douce et belle dans le soleil. Un murmure s'éleva derrière moi, les passagers réalisant peut-être pour la première fois l'étendue de l'épreuve que Nancy était en train de vivre.

Des kilomètres, et des kilomètres, et des kilomètres de vide, et absolument aucun moyen de savoir où elle était.

— L'avion se remet à tourner... Tenez le cap zéro neuf cinq. Vous êtes maintenant à sept milles à l'ouest.

Par-dessus mon épaule, je dis à Annie Villars :

— On les verra bientôt... Vous voulez prendre ce bloc...

Je lui tendis le bloc à spirale sur lequel je griffonne pendant les vols.

— ... et découper des lettres dans les pages ? Aussi grandes que possible. Il faudra les leur montrer à la fenêtre, pour que Colin et Nancy sachent ce qu'ils doivent faire.

Et espérons que c'est bien eux, pensai-je froidement. Eux, et pas d'autres pauvres gens en perdition. Parce que nous serions obligés de les aider. Nous ne pourrions pas les abandonner et aller ailleurs chercher les nôtres...

Annie Villars fouilla dans son sac et finit par en sortir de petits ciseaux.

— Quelles lettres ? dit-elle laconiquement. Dites ce que vous voulez, je vais noter, puis je les découperai.

— D'accord. SUIVEZ. Ça ira pour commencer.

Je tournai la tête et la vis qui commençait à jouer des ciseaux. Elle faisait les lettres de toute la grandeur de la page. Satisfait, je me détournai, scrutant devant moi l'immensité ensoleillée afin d'y découvrir un petit cigare.

— Tournez, et prenez le cap unité zéro cinq, dit Wytton. L'avion est maintenant à cinq milles devant vous, en position une heure.

Je regardai un peu à droite du nez de l'avion. Comme à regret, Ambrose regarda aussi dans un silence maussade.

— Là-bas, dit Kenny Bayst. Là, en bas.

Je regardai dans la direction qu'il m'indiquait... et je le vis, un peu sur notre droite, se remettant à tourner au-dessus d'une tache plus sombre, qui aurait pu être un trou dans les nuages, mais qui n'en était pas un.

— Contact, dis-je à Wytton. Je me rapproche maintenant.

— Vos intentions ? demanda-t-il sans émotion.

— Je les dirige vers la Wash, nous descendons au-dessus de la mer, suivons la rivière et les rails du King's Lynn à Cambridge.

— O.K. J'avise Marham. Ils vous suivront au radar au-dessus de la mer.

Je fis piquer mon appareil, pris de la vitesse, et rattrapai l'autre comme une voiture de sport rattrape une bicyclette. Plus on approchait, plus j'espérais... c'était un avion à ailes basses... un Cherokee... blanc à marques rouges... et enfin, le numéro... et quelqu'un qui secouait frénétiquement une carte devant la fenêtre.

Le soulagement fut indicible.

— C'est eux, dit Annie.

Et je ne pus que hocher la tête en avalant ma salive.

Je ralentis afin de me mettre à la même vitesse que Nancy, puis j'amorçai un virage pour me retrouver à sa gauche, à peu près à cinquante mètres. Elle n'avait jamais volé en formation. Cinquante mètres, c'était la distance minimum à laquelle je pouvais l'approcher sans danger. Et même, c'était un peu risqué. Je gardai la main sur le manche à balai, les yeux fixés sur elle, et une autre paire d'yeux, dont j'ignorais jusque-là l'existence, fixée sur le cap.

Je dis à Annie Villars :

— Montrez-lui à la fenêtre les lettres du mot : SUIVEZ. Une par une et très lentement.

— D'accord.

Elle posait les lettres à plat sur la fenêtre à côté d'elle. On pouvait distinguer la tête de Colin se pencher près de celle de Nancy. Quand Annie eut fini le mot, on le vit agiter la main, puis Nancy agita sa carte près de sa fenêtre, ce qui se voyait mieux.

— Wytton, dis-je, c'est le bon avion. Ils nous suivent jusqu'au Wash. Pouvez-vous me donner le cap pour King's Lynn ?

— Prenez le cap zéro quatre zéro, et appelez Marham sur la fréquence un un neuf zéro.

— Merci beaucoup, lui dis-je avec reconnaissance.

— A votre service.

Braves gars, pensai-je. Très braves gars, assis dans leur salle toute noire, écouteurs aux oreilles, et regardant leurs petits écrans circulaires, surveillant la multitude de petites taches jaunes qui étaient des avions flottant lentement comme des têtards. Ils avaient fait un boulot fantastique, pour retrouver les Ross. Fantastique.

— Vous pouvez faire un 4 et deux 0 ? demandai-je à Annie Villars.

— Certainement.

Les ciseaux se mirent à claquer.

— Quand vous aurez fini, voulez-vous leur montrer le 0, puis le 4, puis encore le 0 ?

— Avec plaisir.

Elle mit les chiffres à la fenêtre. Nancy agita sa carte. On mit le cap au nord-est, vers la mer, Nancy restant en arrière, un peu sur ma droite, et moi pilotant en regardant derrière moi, pour toujours garder la même distance entre nous. J'estimai qu'à sa vitesse, il nous faudrait environ treize minutes pour atteindre la mer, cinq à dix pour descendre au-dessous des nuages, et vingt ou plus pour regagner Cambridge sous les nuages. Quand elle arriverait, elle n'aurait plus beaucoup d'essence, mais les chances étaient moins grandes de tomber en panne que de heurter une colline, un arbre ou un bâtiment si elle descendait au-dessus de la terre. En ces circonstances, descendre au-dessus de la mer était ce qu'il y avait de mieux à faire.

— Il va nous falloir d'autres lettres, dis-je à Annie.

— Lesquelles ?

— Hum... R, I. Et N, D, C, et un T, puis un 9.

— D'accord.

Du coin de l'œil, je voyais Annie couper, et Kenny Bayst, assis derrière elle, trier les lettres qu'elle avait déjà faites, pour qu'elle puisse les trouver facilement quand elle en avait besoin. Je me dis en riant intérieurement qu'ils avaient sans même le savoir conclu une trêve.

Le radar de Marham annonça :

— Encore quatre milles jusqu'à la côte.

— J'espère que la marée est haute, dis-je facétieusement.

— Affirmatif, dit-il, pince-sans-rire. Marée haute à dix-huit heures quarante.

— Et... euh... la base des nuages ?

— Restez à l'écoute.

En bas, dans le noir, il ne pouvait pas voir le ciel. Il fallait qu'il demande à la tour de contrôle.

— Front nuageux entre six et sept cents pieds au-dessus de la mer, sur toute la région du Wash à Cambridge. Visibilité deux kilomètres avec crachin.

— Pas mal, dis-je ironiquement.

— Pas mal.

— Vous pouvez me donner la pression régionale ?

— 998 millibars.

— 998, répétai-je, et je réglai mon altimètre.

Je dis à Annie Villars :

— Vous pouvez faire un 8 ?

— Bien sûr.

— Vous arrivez à la mer, dit Marham.

— Bien... miss Villars, voulez-vous montrer les lettres du mot MER ?

Elle hocha la tête et le fit. Nancy agita sa carte.

— Maintenant, montrez les lettres des mots : METTEZ SUR, puis 998, et enfin MBS.

— M... E... T... T... E... Z... S... U... R... répéta-t-elle, les tenant contre la vitre. Neuf, neuf, huit.

Elle s'arrêta.

— Oh oui. M... B... S... Qu'est-ce que ça veut dire, MBS ?

— Millibars, dis-je.

Nancy agita sa carte, mais je dis à Annie :

— Montrez-lui encore le 998, c'est très important.

Elle remit les chiffres à la vitre. On voyait Nancy hocher vigoureusement la tête.

— Pourquoi est-ce si important ? dit Annie.

— Si on ne met pas l'altimètre sur la bonne pression, on ne sait pas à quelle altitude on est au-dessus de la mer.

— Oh...

— Maintenant, voulez-vous lui montrer les lettres pour : BASE puis 600, puis F T ?

— D'accord... Front... six cents... pieds.

Il y eut une pause perceptible avant que Nancy ne nous fasse signe, et encore, c'était sans enthousiasme. Elle avait dû être horrifiée d'apprendre que les nuages étaient si bas. Elle devait remercier son étoile de ne pas avoir tenté de descendre. C'était un renseignement assez terrifiant, que ces six cents pieds.

— Maintenant, dis-je à Annie, montrez-lui les lettres pour : suivez rivière et rails un neuf zéro jusqu'à Cambridge.

— Suivez... rivière... et... rails... un... neuf... zéro... jusqu'à... Cambridge... pas de G... pas d'importance... C fera l'affaire, puis E.

Elle épelait lentement. Nancy agita sa carte.

— Et encore une chose... 40, puis M, et enfin, N.

— Quarante milles nautiques ! dit-elle triomphalement.

Elle montra lettres et chiffres, et Nancy agita sa carte.

— Maintenant, montrez de nouveau : SUIVEZ.

— D'accord.

Je consultai Marham et emmenai Nancy un peu plus loin en mer, et je la fis tourner en rond jusqu'à ce qu'on soit juste sur le cap unité neuf zéro, et parallèles aux rails et à la rivière qui vont de King's Lynn à Cambridge.

— Montrez-lui : DESCENDEZ.

Elle le fit sans un mot. Nancy fit un petit signe. Puis je piquai dans les nuages, et accélérai jusqu'à cent quarante nœuds, pour qu'il soit impossible qu'elle nous rentre dedans par-derrière. Les moutons blancs nous engloutirent, des flocons blancs illuminés de soleil nous entourèrent de toutes parts, puis devinrent plus denses, plus sombres, un brouillard anthracite se pressa contre les fenêtres. L'altimètre se déclencha, l'aiguille tournant à l'envers, 3 000 pieds, 2 000 pieds. 1 000 pieds, toujours pas d'éclaircie à 800 pieds, 700... et enfin, le brouillard devint un peu moins dense et se transforma en crachin, et, au-dessous de nous, assez près au-dessous de nous, les ondulations incessantes des vagues gris-vert.

Tous les passagers gardaient le silence. Je me retournai. Ils étaient tous en train de regarder la mer, effrayés à des degrés divers. Je me demandai s'ils se doutaient que je venais d'enfreindre deux règlements, et que la commission d'enquête allait sans aucun doute me tomber dessus. Je me demandai aussi si j'apprendrais jamais à ne pas me mettre dans le pétrin.

Nous quittâmes la mer au-dessus de King's Lynn et suivîmes la rivière jusqu'à Ely et Cambridge, frôlant les nuages à sept cents pieds. La visibilité était mauvaise, et je jugeai idiot de retourner en arrière pour attendre Nancy, car nous aurions pu entrer en collision avant de nous voir. Je finis le voyage aussi vite que possible, j'atterris sur la piste mouillée, et roulai en direction des bâtiments de l'aéroport. Quand je coupai le moteur, tout le monde, comme un seul homme, descendit et regarda en l'air ; même Ambrose.

Le crachin était léger, comme un fin brouillard. Nous restâmes là à attendre, à prêter l'oreille, à guetter une ombre contre le ciel. Les minutes passaient. Annie me regarda avec angoisse. Je secouai la tête, sans trop savoir ce que je voulais dire.

Serait-elle descendue trop bas... jusqu'à heurter la mer... est-ce qu'elle aurait perdu son orientation dans les nuages... se serait-elle perdue en sortant des nuages... était-elle toujours en danger ?

Le crachin tombait. Le cœur me manquait.

Mais elle n'avait pas fait d'erreur.

Le bruit du moteur se fit entendre, et se rapprocha. Le petit avion blanc et rouge apparut soudain dans le ciel sur notre droite ; elle tourna au-dessus de l'aéroport et elle atterrit sagement.

— Oh... dit Annie Villars en essuyant deux larmes inattendues de soulagement.

Ambrose dit d'un ton maussade :

— Tout va bien, j'espère qu'on va pouvoir rentrer chez nous, maintenant.

Et il se dirigea d'un pas lourd vers les bâtiments.

Nancy roula et vint arrêter son Cherokee non loin de nous. Colin sortit sur l'aile, nous fit un grand sourire et un signe de la main.

— Il n'a pas de nerfs, dit Kenny Bayst, pas un seul nerf dans le corps, nom de Dieu !

Nancy sortit derrière lui, sauta à terre, et chancela un peu en touchant le sol. Je m'avançai vers eux. Elle se mit à marcher vers moi, d'abord lentement, puis plus vite, puis se mit à courir, cheveux au vent et bras tendus. Je la saisis par la taille et la soulevai en l'air, et la fis tourner, et quand je la reposai par terre, elle me mit ses deux bras autour du cou et m'embrassa.

— Matt ! dit-elle, riant et pleurant à la fois, les yeux brillants, les joues en feu.

Puis elle se mit à trembler de la tête aux pieds.

Colin arriva près de nous et me donna une grande bourrade.

— Merci, vieux.

— Remerciez la R.A.F. Ils vous ont retrouvés sur leur radar.

— Mais comment saviez-vous ?

— C'est une longue histoire.

Nancy se cramponnait toujours à mon cou, comme si elle avait peur de tomber en me lâchant. J'exploitai la situation en l'embrassant pour mon compte personnel.

Elle rit nerveusement et détacha ses bras.

— Quand vous êtes arrivé... je ne peux pas vous dire... j'ai été tellement soulagée...

Annie Villars s'approcha, lui toucha le bras, et Nancy se tourna vers elle avec la même excitation nerveuse.

— Oh... *Annie.*

— Oui, ma chérie, dit-elle calmement. Ce qu'il vous faut maintenant, c'est un bon whisky.

— Il faut que je m'occupe... commença-t-elle en regardant vaguement dans ma direction, puis vers le Cherokee.

— Colin et Matt s'occuperont de tout.

— Alors, d'accord...

Elle se laissa conduire par Annie Villars qui avait recouvré son sang-froid, et avait repris la direction des opérations, comme il sied à un bon général. Kenny, l'autre jockey et l'entraîneur suivirent docilement.

— Et maintenant, dit Colin, comment avez-vous bien pu savoir que nous avions besoin de vous ?

— Je vais vous le montrer, dis-je brusquement. Venez voir.

Je le ramenai au petit Cherokee, montai sur l'aile et m'allongeai sur le dos sur les deux sièges avant, regardant sous le tableau de bord.

— Qu'est-ce qui a bien pu... ?

Le corps du délit était là. Je le lui montrai. Très propre, très petit. Un petit paquet entouré de polythène se balançait au bout d'un élastique, lui-même fixé au câble menant à l'interrupteur général. Près de l'interrupteur, un des deux fils du câble avait été dénudé : les deux extrémités rouges du fil de cuivre coupé se détachaient nettement sur l'enveloppe noire.

Je laissai tout en l'état et ressortis sur l'aile.

— Qu'est-ce que c'est ? Qu'est-ce que ça veut dire ?

— Votre système électrique a été saboté.

— Mais... mais... pourquoi ?

— Je ne sais pas, dis-je. Je sais seulement qui l'a fait. C'est la même personne qui a placé la bombe il y a un mois. Le major Rupert Tyderman.

Il me regarda, stupéfait.

— Mais, ça n'a pas de sens.

— Non, en effet.

Je lui racontai comment le major avait fait exploser la bombe quand nous avions tous été en sûreté au sol, et qu'aujourd'hui il croyait que c'était moi qui pilotais le Cherokee de Nancy et que je pourrais me tirer d'affaire.

— Mais ça... ça veut dire...

— Oui, dis-je.

— Il essaye de faire croire que quelqu'un veut me tuer.

Je hochai la tête.

— Tout en faisant bien attention à ce qu'il ne vous arrive rien.

CHAPITRE XI

La commission d'enquête me tomba dessus comme si l'Enfer avait déchaîné toutes ses furies contre moi. Cette fois, ce n'était plus le Grand compréhensif que j'avais en face de moi, mais un individu court et râblé, aux mâchoires volontaires et aux yeux sans humour. Il refusa de s'asseoir, préférant rester debout. Il n'avait amené avec lui aucun muet-preneur-de-notes. A lui tout seul, il faisait tout l'orchestre. Avec une prédilection pour les percussions.

— Je dois attirer votre attention sur l'article N° 1966 des règlements aériens.

Sa voix était dure et heurtée, la politesse traditionnelle de ses pairs réduite à sa plus simple expression.

J'indiquai que j'avais déjà entendu parler de l'article en question. Comme il régissait pratiquement tous les actes de la vie d'un pilote professionnel, il n'y avait rien d'étonnant à cela.

— On nous a informés que, vendredi, vous avez contrevenu à l'article 25, paragraphe 4, sous-section a, et à la règle 8 paragraphe 2.

J'attendis qu'il eût fini. Puis, je demandai :

— Qui vous a informé ?

Il me regarda sans aménité.

— Ça n'a rien à voir avec la question.

— Ne serait-ce pas Polyphanes par hasard ?

Malgré lui, il battit des paupières.

— Si nous recevons une plainte que l'on peut étayer par des preuves, nous sommes obligés de faire une enquête.

La plainte pouvait être étayée par des preuves, ça oui. Les journaux du samedi, encore étalés dans la salle des équipages ce lundi matin, ne parlaient que de la nouvelle tentative de meurtre dont Colin Ross avait été la victime. Gros titres en première page. Et tous les détails possibles fournis par mes passagers, sur la façon dont nous l'avions précédé en mer, et ramené sous la base des nuages, à sept cents pieds d'altitude.

Le seul ennui, c'est qu'il était illégal pour un monomoteur comme le Cherokee Six de survoler la mer à aussi basse altitude avec des passagers payants à bord, et d'atterrir avec eux sur un aéroport où la base nuageuse est à moins de mille pieds.

— Vous admettez avoir contrevenu à la Section...

Je l'interrompis :

— Oui.

Il ouvrit la bouche, et la referma.

— Euh... Je vois.

Il s'éclaircit la voix.

— Vous recevrez une assignation en temps voulu.

— Bien.

— Ce n'est pas la première, je crois.

C'était une affirmation, non une accusation.

— Non, dis-je sans émotion.

Court silence. Puis j'ajoutai :

— Comment ça fonctionnait, leur petit gadget ? L'acide nitrique sur l'élastique ?

— Ça ne vous regarde pas.

Je haussai les épaules.

— Je peux le demander à n'importe quel étudiant qui a fait un peu de chimie.

Il hésita. Il n'était pas le genre à me faire une fleur. Il ne devait jamais lui arriver de dire ou de suggérer, comme le Grand l'avait fait, que son gouvernement ou la commission pouvait faire une erreur. Mais ayant fouillé sa conscience, et sans aucun doute examiné ses ordres, il se décida.

— Le paquet contenait de la fibre de verre imbibée d'une solution faible d'acide nitrique. On avait dénudé une section du câble, et fixé le paquet en ce point. L'acide nitrique dissout lentement le cuivre, et, étant donné la faible concentration de la solution, ça a dû prendre environ une heure et demie.

— Et l'élastique ? insistai-je.

— Oui... eh bien, l'acide nitrique, comme l'eau, conduit l'électricité, de sorte que, tant que la fibre de verre restait dans la même position, le courant continuait à passer, bien que le fil lui-même ait été complètement dissous. Pour que le circuit soit interrompu, il fallait enlever la fibre de verre. Ce qu'on a fait en la fixant, sous tension, grâce à l'élastique, à un point situé plus loin sur le fil. Quand l'acide nitrique a eu fini de dissoudre le fil, et qu'il s'est rompu, rien ne retenait plus l'élastique, qui s'est contracté, entraînant avec lui la fibre de verre. Euh... est-ce que je me fais bien comprendre ?

— Parfaitement.

Il sembla se secouer physiquement et mentalement, et se tourna vers la porte.

— Parfait, dit-il d'un ton sec. J'ai besoin de dire deux mots à M. Harley.

— Est-ce que vous avez dit deux mots au major Tyderman ? demandai-je.

Après une imperceptible hésitation, il dit :

— Cela ne vous regarde pas.

— Vous l'avez peut-être déjà vu ?

Silence.

— Il n'est peut-être pas chez lui ?

Re-silence. Puis il se tourna vers moi, exaspéré.

— Ce n'est pas à vous de poser les questions. Je ne peux rien vous dire de plus. C'est moi qui suis chargé de faire une enquête sur vous, pas le contraire.

Il claqua les mâchoires et me regarda d'un air dur.

— Et ils m'avaient même prévenu, grommela-t-il.

— J'espère que vous trouverez le major, dis-je poliment, avant qu'il ne place encore des petits gadgets en des endroits dangereux.

Il émit un grognement, et me précéda dans le bureau de Harley.

Harley savait pourquoi il était là, et, depuis le vendredi, il était furieux contre moi, comme il fallait s'y attendre.

— M. Shore reconnaît les contraventions, dit la commission d'enquête.

— Difficile de faire autrement, dit Harley avec colère, si on pense que toutes les bases de la R.A.F. l'ont averti que le plafond était bas à Cambridge.

— En fait, acquiesça la commission d'enquête, il aurait dû, alors, retourner immédiatement à Manchester, qui était dans les limites légales, et y attendre que les conditions s'améliorent, au lieu d'aller jusqu'à East Anglia, ce qui ne lui laissait pas assez d'essence pour regagner un aéroport où le ciel était dégagé. La seule chose à faire, c'était certainement de retourner au point de départ.

— Et d'abandonner Colin Ross à son sort, dis-je d'un air détaché.

Ils pincèrent les lèvres comme un seul homme. Il n'y avait rien d'autre à dire. Si on brûle un feu rouge et dépasse la limite de vitesse en conduisant quelqu'un à l'hôpital pour lui sauver la vie, on peut faire l'objet de poursuites. C'est exactement la même chose. Les sentiments humains contre la loi : un dilemme vieux comme le monde. Il faut faire son choix et s'y tenir.

— Je n'accepte aucune responsabilité dans ce que vous avez fait, dit Harley d'un ton menaçant. Je dirai catégoriquement, et au tribunal s'il le faut, que vous avez agi en contradiction flagrante avec les instructions de Derrydowns, et que Derrydowns se dissocie totalement de vos actions.

J'eus envie de lui demander s'il voulait un bassin pour se laver rituellement les mains. Je pensai aussi qu'il valait mieux que je me taise.

Il continua :

— Et bien entendu, s'il y a une amende, vous la paierez vous-même.

Toujours ma chance, me dis-je, d'avoir des coups durs au moment où la maison est trop fauchée pour se montrer généreuse. Je dis simplement :

— C'est bien tout ? N'oubliez pas que nous avons des clients...

Ils me firent signe de partir d'un air dégoûté. Je pris mes affaires et décollai dans l'Aztec, pour aller chercher à Elstree des hommes d'affaires que je devais emmener à La Haye.

Le vendredi précédent, le temps que Colin et moi ayons mis à l'abri le Cherokee de Nancy pour que personne n'y touche, les premières cohortes de la presse locale arrivaient déjà coudes au corps, ventre à terre, et la commission d'enquête, qui ne dort ni ne sommeille jamais, les talonnait de près.

Il y a à peu près autant d'intimité dans les messages radio que sur une place publique : il se trouva que des douzaines de radioamateurs des Midlands avaient écouté ma conversation avec le radar de Birmingham, et avaient causé un embouteillage au standard de Cambridge, en appelant pour savoir si Colin Ross était sain et sauf. Sans se démonter, ils avaient averti Fleet Street de la possibilité de sa mort. Son arrivée, sain et sauf, fut annoncée à la télévision quarante minutes après l'atterrissage. Les mass media britanniques avaient fait feu des quatre fers. Nancy et Annie Villars avaient répondu à des interviews jusqu'à en attraper une extinction de voix, et avaient finalement cherché refuge dans les toilettes des dames. Colin avait l'habitude des journalistes, mais le temps qu'il arrive à se débarrasser des avides reporters dont le nombre augmentait toujours, il était vert de fatigue.

— Venez, dit-il. On va chercher Nancy et rentrer à la maison.

— Il faut que je téléphone à Harley.

Harley savait déjà et fulminait comme un pétard. Quelqu'un de Polyphanes, semblait-il, avait appelé pour l'informer, avec une douceur venimeuse, que son pilote si hautement qualifié venait de contrevenir à toutes les règles imaginables, et de mettre Derrydowns dans un beau pétrin. Le fait que son meilleur client était toujours en vie pour continuer à remplir sa caisse semblait lui avoir complètement échappé. Après les informations de Polyphanes, il se sentait mariole, et tout était ma faute.

Je restai à Cambridge, promettant une fois de plus de payer le garage, et rentrai à la maison avec Nancy et Colin.

A la maison.

Un mot évocateur et dangereux. Et le malheur, c'était que je me sentais chez moi. Ce n'était que la troisième fois que je m'y trouvais, et tout était déjà familier, intime, facile, sans problèmes... C'était mauvais que je me sente chez moi, parce que je n'étais pas chez moi.

Je passai le samedi matin à parler à la police de Cambridge, en chair et en os, et à la commission d'enquête, au téléphone, à Londres. Toutes deux déclarèrent prudemment qu'elles demanderaient peut-être au major Tyderman de les aider dans leurs investigations. Le samedi après-midi, je pilotai Colin à Haydock, sans incident, le samedi soir, je restai de nouveau à Newmarket. Le dimanche, je l'emmenai à Buckingham, puis nous prîmes l'Aztec, et je l'emmenai à Ostende. Je m'arrangeai pour éviter Harley jusqu'au dimanche soir, où il m'attendait à l'atterrissage, et passa une demi-heure à me reprocher d'un ton aigre de ne pas m'en être tenu à la lettre des règlements. Le point essentiel de son argumentation, c'est quc, laissée à elle-même, Nancy aurait atterri sans problèmes sur les plaines d'East Anglia. C'était obligatoire. Elle n'aurait heurté aucune des antennes de radio ou des cheminées d'usines qui pointaient dans les nuages comme autant d'aiguilles. Toutes étaient marquées, menaçantes pour elle, sur la carte. Elle savait que, si elle descendait, elle avait de fortes chances d'en rencontrer une. L'émetteur de télévision de Mendlesham a plus de trois cents mètres de haut... Mais, disait Harley, elle serait passée à côté de toutes. C'était certain.

— A sa place, qu'est-ce que vous auriez ressenti ? demandai-je.

Il ne répondit pas. Il le savait bien. En tant que pilote et homme d'affaires, il parlait comme un imbécile.

Le mardi matin, il me dit que Colin avait téléphoné pour décommander son voyage à Folkestone, mais que j'irais quand même dans le Cherokee Six, avec un propriétaire et ses amis, que je devais prendre à Nottingham.

Je pensai que Colin avait renoncé à courir à Folkestone, pour monter à Pontefract à la place, mais il n'en était rien. Je découvris qu'il était bien allé à Folkestone. Et dans un avion de Polyphanes.

Je n'appris qu'il était là qu'à la fin des courses, quand il revint en taxi à l'aéroport. Il descendit, épuisé comme d'habitude, considéra la rangée d'avions et se dirigea tout droit vers le Polyphanes.

— Colin ! criai-je.

Il stoppa net, tourna la tête, et me fixa droit dans les yeux. Rien d'amical, dans ce regard, mais vraiment rien.

— Qu'est-ce qu'il y a ? dis-je, perplexe. Qu'est-ce qui est arrivé ?

Il se détourna pour regarder le Polyphanes. Je regardai dans la même direction. Le pilote était debout, tout sourires. C'était celui qui avait refusé d'aider Kenny Bayst, et il avait été tout sourires tout l'après-midi.

— Vous êtes venu avec lui ? demandai-je.

— Oui, avec lui.

Sa voix était glaciale. Ses yeux aussi.

Stupéfait, je dis :

— Je ne comprends pas...

De glacial, le visage de Colin devint brûlant de colère.

— Vous... vous... je ne peux pas supporter de vous parler.

Un sentiment d'irréalité me paralysa la langue. Je le regardais simplement, médusé.

— Vous nous avez bien eus... Oh, je dois dire que vous ne l'avez pas fait exprès... mais Nancy a quitté la maison comme un éclair, et quand je suis parti, Midge était en larmes...

— Mais pourquoi ? Dimanche matin, quand on s'est quittés, tout allait bien...

— C'est hier, dit-il brusquement. Nancy a tout découvert hier, quand elle est allée à l'aéroport prendre une leçon. Ça l'a absolument bouleversée. Elle est rentrée d'une humeur massacrante, a tempêté dans toute la maison en lançant tout ce qui lui tombait sous la main, puis elle a fait sa valise et elle est partie... ni Midge ni moi n'avons pu l'arrêter, et Midge est dans un état...

Il s'arrêta, serra les mâchoires, et siffla entre ses dents :

— Vous auriez pu avoir les tripes de lui dire ça vous-même.

— Lui dire quoi ?

— *Quoi ?*

Il fourra la main dans la poche de son blue-jean délavé, et en sortit une coupure de journal pliée.

— Voilà.

Je pris le papier. Le dépliai. Je sentis mon visage se figer. Et je savais que ça se voyait.

Il venait de me donner le compte rendu le plus méchant, le plus dénigrant de tous ceux qu'on avait faits au moment de ma condamnation pour avoir, par négligence, risqué la vie de quatre-vingts personnes. Nouvelle à sensation pour le grand public. Depuis longtemps oubliée. Mais toujours dans les dossiers, si quelqu'un se donnait la peine d'aller l'y chercher.

— Et ce n'est pas tout, dit Colin. Elle nous a dit qu'une autre compagnie vous avait sacqué pour lâcheté.

— Qui lui a dit ça ? demandai-je d'une voix sourde.

— Ça a de l'importance ?

— Oui, ça en a.

— Elle n'avait rien à y gagner. C'est ça qui l'a convaincue.

— Rien à gagner... elle a bien dit ça ?

— Je crois. Quelle importance ?

— C'est un pilote de Polyphanes qui lui a dit ça ? Celui, par exemple, qui vous pilote aujourd'hui ?

Il me rendait la monnaie de ma pièce, à moi qui l'avais menacé à Redcar.

Colin resta bouche bée.

— Rien à gagner, dis-je d'un ton amer. Il y a de quoi rire. Ils ont essayé tout l'été de vous arracher à Derrydowns, et on dirait bien qu'ils ont enfin réussi.

Je me détournai de lui, la gorge contractée. Je ne crois pas que j'aurais pu parler. Je pensais qu'il allait s'éloigner, retourner à Polyphanes, et voyais mon avenir au panier.

Au lieu de cela, il me suivit et me toucha le bras.

— Matt...

Je me dégageai.

— Dites à votre si précieuse sœur, fis-je d'une

voix enrouée, qu'à cause des règlements que j'ai transgressés pour la ramener saine et sauve à Cambridge, vendredi dernier, je vais une fois encore me retrouver devant un tribunal, que je serai condamné, que j'aurai une amende, et encore des dettes... et cette fois, je savais ce que je faisais... pas comme cette fois-là..., dis-je en pointant vers la coupure un doigt qui tremblait visiblement, quand j'ai dû supporter les conséquences de quelque chose qui n'était pratiquement pas de ma faute.

— Matt !

Il était lui-même consterné.

— Et quant à la lâcheté, elle se trompe d'adresse... Oh, je ne doute pas que tout ça n'ait eu l'air très convaincant et abominable... Polyphanes a beaucoup à gagner en la bouleversant le plus possible. Mais je ne comprends pas... je ne comprends pas qu'elle ait été retournée au point de faire plus que vous conseiller de ne plus voyager avec moi...

— Pourquoi ne le lui avez-vous pas dit vous-même ?

Je secouai la tête.

— Je l'aurais sûrement fait, un jour. Je pensais que ça n'avait pas d'importance.

— Pas d'importance ! dit-il avec colère. Elle semble vous avoir placé sur un piédestal, comme un héros, et tout d'un coup, elle a découvert que vous aviez des pieds d'argile dans toutes les directions... Bien sûr que vous auriez dû le lui dire puisque vous alliez l'épouser. C'est surtout ça qui l'a bouleversée.

Je restai sans voix. Ma bouche s'ouvrit toute seule. A la fin, je dis bêtement :

— Vous avez dit *l'épouser* ?...

— Eh bien oui, naturellement, dit-il, impatienté.

Puis, ma stupéfaction sembla le frapper, et il ajouta :

— Vous alliez bien l'épouser, non ?

— On n'en avait... jamais parlé.

— Mais si, vous avez dû en parler, insista-t-il. Je l'ai entendue en parler avec Midge, dimanche soir en revenant d'Ostende. « Quand tu auras épousé Matt », disait Midge. Je l'ai entendue distinctement. Elles étaient dans la cuisine, en train de faire la vaisselle. Elles avaient décidé que vous viendriez vivre avec nous dans le bungalow... Elles étaient en train de répartir les chambres...

Sa voix mourut.

— Ce n'est pas... pas vrai ?

Je secouai la tête en silence.

Il me regarda, médusé.

— Ah, les jeunes filles, dit-il, les jeunes filles !

— Je ne peux pas l'épouser, dis-je comme engourdi. J'ai à peine de quoi payer ma licence...

— Ça n'a pas d'importance.

— Ça en a pour moi.

— Ça n'en a pas pour Nancy, dit-il. Vous voulez dire... qu'elle ne se trompait pas tellement... après tout ?

— Je suppose... pas tellement.

Il regarda la coupure qu'il tenait toujours à la main, et la froissa brusquement.

— Ça avait l'air si moche, dit-il d'un air de s'excuser.

— C'était moche, dis-je.

Il me regarda.

— Oui. C'était moche...

Un taxi freina brutalement, et dégorgea mes passagers, tout rouges et excités d'avoir gagné et brandissant une bouteille de champagne.

Le lendemain soir, Colin me téléphona.

— Ecoutez, dit-il, Nancy a appelé aujourd'hui pendant que nous étions aux courses, Midge et moi... j'avais emmené Midge à Heath parce qu'elle était si désespérée, et maintenant, bien entendu, elle est encore plus désespérée d'avoir manqué Nancy... enfin, notre femme de ménage a répondu, et Nancy a laissé un message.

— Est-ce qu'elle... est-ce que tout va bien ?

— Elle a dit, reprit-il d'une voix tendue, qu'elle avait rencontré une ancienne amie de l'école des beaux-arts à Liverpool, et qu'elle campait quelques jours avec elle près de Warwick. Mais elle a surtout insisté pour que Mme Williams nous dise autre chose... il semble qu'elle ait vu le major Tyderman.

— Pas possible !

— Si... Elle a dit qu'elle avait vu le major Tyderman assis près du chauffeur sur la route de Stratford à la sortie de Warwick. Il devait y avoir des travaux, et la voiture s'est arrêtée quelques instants près d'elle.

— Il pouvait aller n'importe où... venir de n'importe où...

— Oui, acquiesça-t-il, déprimé. J'ai appelé la police de Cambridge, mais Nancy leur avait téléphoné avant de nous appeler. Tout ce qu'elle se rappelle du chauffeur, c'est qu'il portait des lunettes noires. Elle pense qu'il avait peut-être des cheveux noirs et une moustache. Elle l'a juste regardé une seconde, parce qu'elle observait surtout Tyderman. Mais elle n'a pas relevé le numéro, et comme, pour les marques de voitures, elle n'y connaît absolument rien, on n'est pas beaucoup plus avancés.

— Non...

— De toute façon, elle a dit à Mme William qu'elle rentrerait à la maison samedi, que si j'allais aux courses de Warwick en voiture au lieu d'y aller en avion, elle rentrerait avec moi.

— Bon... c'est déjà quelque chose.

— Mieux que rien, fit-il avec découragement.

CHAPITRE XII

Je pilotai quelques clients de Wiltshire à Newmarket, et garai le Cherokee Six aussi loin que possible des Polyphanes. Quand mes passagers furent partis en direction des tribunes, je sortis de la cabine étouffante pour respirer un peu. Allongé dans l'herbe, soulevé sur un coude, je desserrai ma cravate et ouvris mon col de chemise. Journée torride, avec un souffle d'air sur le Heath, quelques minuscules cumulus défiant l'évaporation, un ciel bleu sur une planète bleue.

Belle journée pour camper.

Je m'arrachai à mes vaines ruminations ; Nancy me méprisait, se méprisait elle-même, avait fui le presque étranger que j'étais, et qui semblait ne pas être ce qu'il semblait être. Fuite aveugle, instinctive, impulsive. Fuite irréfléchie, compréhensible, pardonnable...

C'était bizarre de perdre quelque chose qu'on ignorait avoir, avant même de se mettre à le désirer plus que toute autre chose au monde.

Au bout de la rangée des avions, le pilote de Polyphanes faisait les cent pas, toujours en fumant. Un de ces jours, il allait tout faire sauter. Il ne souriait pas, ce jour-là : à cent mètres, on pouvait détecter son humeur sinistre aux lourds regards qu'il lançait parfois dans ma direction.

Colin avait fait ses réservations chez Harley pour toute la semaine suivante, ceux de Polyphanes devaient se demander ce qu'ils pourraient faire d'autre pour le récupérer.

Ils n'y allaient pas de main morte. Dénoncer Derrydowns à la commission d'enquête, discréditer son pilote, répandre le bruit que ses avions n'étaient pas sûrs. Mais iraient-ils jusqu'à faire sauter un avion de Derrydowns ? Iraient-ils jusque-là ?

Dans ce cas, il faudrait qu'ils soient certains d'y gagner, avant de risquer le coup. Mais en fait, ils n'avaient encore rien gagné. Personne n'avait renoncé à voyager par Derrydowns, et surtout pas Colin Ross. Si on voulait faire croire que la bombe était destinée à Colin, pourquoi se serait-il senti plus en sûreté dans un Polyphanes ?

S'ils avaient fait sauter l'avion avec les passagers, ça, ça aurait ruiné Derrydowns. Mais même s'ils étaient décidés à aller jusque-là, ils n'auraient pas choisi un jour où Colin Ross était présent.

Et pourquoi le major Tyderman, alors que leurs pilotes pouvaient approcher l'avion de Derrydowns sans que personne y fasse attention ? C'était plus simple... ils avaient besoin d'un spécialiste en bombes. De quelqu'un d'absolument insoupçonnable. Quelqu'un que leurs pilotes ne connaissaient pas. Parce que, si le patron de Polyphanes avait décidé de s'engager sur la sombre voie du crime, il ne voulait pas que des employés aussi bavards que les pilotes aillent en répandre la nouvelle dans tous les bars d'aviateurs, de Prestwick à Lydd.

Pourtant, le second avion que Tyderman avait saboté n'appartenait pas à Derrydowns. D'un autre côté, il avait pensé que si. Je me levai, m'étirai, regardai les chevaux s'élancer pour la première course, vis au loin une jeune fille aux cheveux noirs et en robe bleue, et pensai follement un instant que c'était Nancy. Ce n'était pas Nancy. Ce n'était même pas Midge. Nancy campait dans le Warwickshire.

Je crispai les poings dans mes poches. Concentre-toi sur autre chose. Reprends tout du début. Regarde tout à l'envers.

Je soupirai. Ça ne servait pas à grand-chose d'essayer de tirer tout ça au clair, alors qu'il me manquait cent informations vitales. Décision : est-ce que j'allais, oui ou non, me mettre à chercher certaines de ces informations ? Si je ne le faisais pas, un successeur du major Tyderman pouvait très bien se mettre à exercer ses talents sur d'autres appareils, et si je le faisais, j'allais peut-être au-devant de nouveaux ennuis.

Mentalement, je tirai à pile ou face. Face, tu le fais, pile, tu ne bouges pas. En chemin, je pensais à Nancy. Toutes les routes me ramenaient à Nancy. Si je laissais tout tomber, et si je me contentais de me vautrer au soleil, au propre et au figuré, je n'aurais rien d'autre à faire qu'à penser à ce qui me faisait le plus horreur. Perspective peu engageante. Presque n'importe quoi était préférable.

Je me jetai à l'eau, et commençai par Annie Villars.

Elle était debout sur le paddock, en robe grenat sans manches, ses cheveux grisonnants bouclant sous un chapeau de paille noir, choisi plus pour sa ressemblance avec un képi de général que pour sa féminité. A dix pas, son autorité éclatait de toutes parts ; à trois pas, on entendait sa voix, douce jusqu'à l'incongruité, et on réalisait qu'elle avait ajouté une doublure de soie au gant de velours.

Elle parlait au duc de Wessex. Elle disait :

— Alors, si vous êtes d'accord, Bobbie, nous demanderons à Kenny Bayst de le monter. Ce nouveau jockey n'a aucun sens de la stratégie, et malgré tous ses défauts, Kenny sait mener une course.

Le duc hocha sa tête distinguée, et lui sourit avec bienveillance. Ils me virent rôder près d'eux, et ils se tournèrent tous deux vers moi, l'air amical. Air trompeur pour l'une, et pour l'autre, totalement absent.

— Matt, fit le duc avec un sourire, mon cher ami. N'est-ce pas une splendide journée ?

— Magnifique, sir, acquiesçai-je.

— Mon neveu Matthew, dit-il. Vous vous souvenez de lui ?

— Bien entendu, sir.

— Eh bien... c'est bientôt son anniversaire, et il veut... il se demandait si je pourrais lui payer le baptême de l'air. Avec vous, a-t-il dit. Surtout avec vous.

Je souris.

— Ça me ferait grand plaisir.

— Bien, bien. Alors... euh... qu'est-ce que je dois faire, à votre avis ?

— J'arrangerai ça avec M. Harley.

— Oui. Bon. Mais bientôt. Il vient habiter chez moi, parce que c'est la fin des classes, et que sa mère est partie en Grèce. Alors, la semaine prochaine, peut-être ?

— Je suis sûr que ce sera parfait.

Il rayonnait de bonheur.

— Je viendrai peut-être aussi.

Annie Villars dit d'un ton d'impatience contenue :

— Bobbie, nous devrions aller voir seller votre cheval.

Il consulta sa montre.

— Mais oui, *by jove*. C'est étonnant ce que le temps passe vite. Venez avec nous.

Il me gratifia d'un autre sourire, le transféra intact à Annie, et la suivit docilement, alors qu'elle s'ébranlait d'un pas décidé en direction des box.

Je pris un ticket. Le cheval du duc était une pouliche de deux ans nommée Thundersticks. Je regardai le duc et Annie regarder Thundersticks tourner dans le paddock, l'un rayonnant de fierté innocente, l'autre gardant une réserve prudente. Le jockey-qui-ne-connaissait-rien-à-la-stratégie fit une mauvaise course, même pour mon œil inexpérimenté : trop détaché dans les premières longueurs, trop loin à l'arrière dans les dernières. Mais malgré ça, je trouvais toujours les couleurs du duc aussi discrètes. Il accepta sa défaite avec une grâce charmante, assurant à Annie que la pouliche ferait mieux la prochaine fois. Sûrement. Elle ne faisait que débuter. Annie lui fit un sourire conciliant, et gratifia le jockey d'un regard à percer de l'acier blindé.

Après qu'ils eurent discuté la performance du cheval, mètre par mètre, ils lui tapotèrent l'échine, et le renvoyèrent à l'écurie avec son lad. Puis le duc emmena Annie prendre un verre au bar. Elle eut un autre perdant, appartenant à un autre propriétaire, et fit un autre détour consacré aux rafraîchissements de sorte que je n'arrivai à la voir seule qu'entre les deux dernières courses.

Elle m'écouta sans commentaires lui expliquer que, si elle acceptait de m'aider, je pensais pouvoir faire quelque chose pour résoudre le grand mystère de la bombe.

— Je croyais qu'il était déjà résolu.

— Pas vraiment. Personne ne sait le pourquoi.

— Mais je ne vois pas en quoi je peux vous aider.

— Pourriez-vous me dire à quel point le major Tyderman et M. Goldenberg se connaissent, et comment il se fait qu'ils ont leur mot à dire sur la façon dont court Rudiments.

Elle dit avec douceur :

— Cela ne vous regarde pas.

Je savais ce que cachait sa douceur.

— Je le sais.

— Et vous êtes impertinent.

— Oui.

Elle me regarda droit dans les yeux. Toute douceur disparut de son visage.

— J'aime beaucoup Midge et Nancy Ross, dit-elle. Je ne vois pas comment ce que je pourrais vous dire vous aidera, mais je désire avant tout qu'il n'arrive rien à ces deux petites. Cette dernière escapade était quand même un peu trop dangereuse, n'est-ce pas ? Et si Rupert Tyderman a pu faire ça...

Elle s'arrêta, réfléchissant profondément.

— Je vous serais obligée de garder pour vous ce que je vais vous dire.

— Promis.

— Très bien... Je connais Rupert depuis très longtemps. Pratiquement depuis mon enfance. Il a une quinzaine d'années de plus que moi. Quand j'étais adolescente, je le trouvais merveilleux, et je ne comprenais pas pourquoi les gens hésitaient quand ils se mettaient à parler de lui. (Elle soupira.) Je compris pourquoi, bien entendu, en grandissant. Il a eu une jeunesse orageuse. C'était un vandale, à une époque où c'était moins commun qu'aujourd'hui. A vingt ans, il avait déjà emprunté de l'argent à tous ses amis et connaissances, pour différents projets chimériques, et ne rendit jamais rien. Sa famille le tira d'affaire quand il vendit un tableau qu'on avait confié à sa garde, et dont il dilapida l'argent. Des tas de choses comme ça. Puis, à la guerre, il s'est engagé immédiatement, et il s'est très bien comporté. Il était dans le corps des ingénieurs royaux, je crois... mais, après la fin de la guerre, on lui permit discrètement de démissionner, car il écoulait de faux chèques auprès des autres officiers.

Elle secoua la tête avec impatience.

— Il n'a jamais fait que des bêtises... Depuis la guerre, il vit du revenu de ce qu'il a hérité de son grand-père, et en tapant ses amis.

— Vous comprise ? demandai-je.

Elle hocha la tête.

— Oui. Il a toujours été très persuasif. C'est toujours pour quelque chose de très plausible, mais toutes ses combines tombent à l'eau...

Elle laissa son regard errer sur la pelouse, en réfléchissant.

— Et puis cette année, en février-mars, je crois, il est arrivé un jour en disant qu'il n'aurait plus besoin de m'emprunter de l'argent, qu'il avait un truc en train et qu'il allait faire fortune.

— Qu'est-ce que c'était ?

— Il n'a pas voulu me le dire. Il m'a dit seulement de ne pas m'inquiéter, que ce coup-là, c'était légal. Qu'il s'était associé avec quelqu'un qui avait une idée en ciment armé pour faire fortune. Ce n'était pas la première fois que j'entendais ça. Mais cette fois-là, la différence, c'est qu'il ne demandait pas d'argent...

— Il voulait autre chose ?

— Oui, dit-elle en fronçant les sourcils. Il voulait que je le présente à Bobbie Wessex. Il m'a dit... comme ça, dans la conversation... qu'il aimerait beaucoup faire sa connaissance, et je crois que j'étais tellement soulagée qu'il ne me tape pas de cinq cents livres ou plus, que j'ai accepté immédiatement. C'était idiot de ma part, mais ça me paraissait sans importance...

— Et alors, qu'est-ce qui est arrivé ?

Elle haussa les épaules.

— Ils étaient tous les deux à Doncaster à l'ouverture de la saison de plat, alors, je les ai présentés. Comme ça. Rien de plus qu'une banale présentation, comme on fait souvent aux courses. Et puis, continua-t-elle, l'air contrarié, la fois suivante, Rupert est arrivé avec ce Goldenberg, disant que Bobbie Wessex lui avait donné carte blanche pour décider comment conduire toutes les courses de Rudiments. J'ai répondu qu'il n'allait sûrement pas faire ça, et j'ai téléphoné à Bobbie. Mais, soupira-t-elle, Rupert l'avait effectivement convaincu de lui laisser les mains libres pour Rudiments. Rupert est très très fort pour convaincre les gens, et ce pauvre Bobbie accepte facilement n'importe quelle suggestion. Même quelqu'un aux trois quarts aveugle pouvait voir que ce Goldenberg était aussi droit qu'un tire-bouchon, mais Rupert dit qu'il était indispensable pour prendre les paris, vu que lui, Rupert, ne le pouvait pas, car aucun bookmaker ne lui aurait fait crédit, et qu'il faut des espèces sonnantes et trébuchantes pour les paris.

— Et alors, leur plan a échoué, dis-je.

— La première fois, Rudiments a gagné, et ils ont tous les deux gagné le gros paquet. Je leur avais dit que le cheval pouvait gagner. Devait gagner. Il était parti à vingt contre un, et après la victoire, ils planaient, aux anges.

— Et la fois d'après, Kenny Bayst a gagné de nouveau, alors qu'il était censé perdre, car ils avaient pris des paris sur lui ?

Elle eut l'air stupéfait.

— Ainsi, vous avez compris ce qu'ils disaient.

— Au bout d'un moment.

— C'est bien de Rupert d'ébruiter ça. Aucune discrétion.

Je soupirai.

— Eh bien, je vous remercie de votre franchise. Bien que je ne voie pas encore le rapport entre Rudiments et le fait que le major Tyderman ait placé une bombe dans un avion, et en ait saboté un autre.

Elle pinça les lèvres.

— Je vous l'avais bien dit que ce que je vous raconterais ne vous avancerait pas, dit-elle.

Colin s'arrêta près de moi, en casaque de soie vert et rose. Il sortait de la pesée et gagnait le paddock pour la dernière course. Il me lança un regard interrogateur qui finit par tourner à la compassion.

— L'attente ne vous vaut rien, dit-il.

— Est-ce qu'elle a retéléphoné ?

— Midge ne veut pas quitter la maison, au cas où elle appellerait.

— Je serai aux courses de Warwick samedi... avec des clients du Kent... Voulez-vous lui demander... de venir me parler ?

— Je vais lui casser sa stupide petite tête, dit-il.

Je ramenai mes clients à Wiltshire et le Cherokee à Buckingham. Harley m'attendait, furibond, et me dit que la commission d'enquête avait décidé de me poursuivre.

— Je m'y attendais.

— Mais ce n'est pas de ça que je veux vous parler. Venez dans mon bureau.

Il était rogue, comme d'habitude. Tranchant. Il ramassa une feuille de papier sur son bureau et me la brandit sous le nez.

— Regardez-moi vos temps de vol ! J'ai examiné les factures que nous avons faites depuis que vous êtes ici. Tous les temps sont plus courts. Je suis obligé de faire payer moins cher... nous ne faisons pas assez de bénéfices. Il faut que ça change. Vous me comprenez ? Que ça change.

— Très bien.

Il eut l'air ahuri. Il ne s'était pas attendu à une victoire aussi facile.

— Et j'engage un autre pilote.

— Alors, je suis renvoyé ?

Je découvris que ça ne m'affectait pas plus que ça.

Il eut l'air étonné.

— Non. Bien sûr que non. Mais depuis quelque temps, nous avons trop de clients pour que vous puissiez faire tout le travail, même avec l'aide de Ron.

— Nous avons peut-être plus de clients parce que les voyages sont plus rapides et moins chers, suggérai-je.

Il prit un air offensé.
— Ne soyez pas ridicule.

Encore une longue soirée dans la caravane.

Je ne savais pas où aller, je n'avais rien pour y aller, et rien à dépenser en arrivant. Ça n'avait pas d'importance, parce que, où que j'aille, et quoi que je dépense, les mêmes pensées obsédantes me poursuivaient. Autant m'y livrer tout seul et sans dépenser un sou que les transporter ailleurs.

Pour m'occuper, je nettoyai la caravane de fond en comble. Quand j'eus fini, elle avait meilleure mine, mais, dans l'ensemble, je me sentais encore plus mal. Je me fis deux œufs brouillés, que je mangeai sur un toast, sans enthousiasme. Je bus une tasse de mauvais café en poudre, avec du lait en poudre.

J'allumai la télévision. Un vieux film de 1950, avec pirates, coutelas, seins opulents. Je coupai.

Je restai assis, à regarder la nuit tomber sur le terrain d'aviation. J'essayai de me concentrer sur ce qu'Annie Villars m'avait dit, ne serait-ce que pour ne pas penser que la nuit tombait aussi sur les champs et les tentes du Warwickshire. Pendant un bon bout de temps, sans aucun succès.

Regarde tout à l'envers. N'accepte absolument rien comme allant de soi.

La nuit, avec un sommeil des plus agités, m'apporta une idée singulièrement aberrante. La plupart des révélations venant du subconscient pendant le sommeil disparaissent, ou bien sombrent dans le ridicule au réveil ; mais cette fois-là, ce fut différent. A cinq, six, sept heures, ça avait toujours l'air plausible. Jusqu'au soir je retournai dans ma tête tout ce que j'avais vu et entendu depuis le jour de la bombe, et, à la réponse déjà connue du « qui ? », j'ajoutai une réponse au « pourquoi ? ».

Ce vendredi-là, je devais décoller de bonne heure dans l'Aztec, avec un chargement de photographes en route pour l'Allemagne, attendre qu'ils aient pris leurs photos, et les ramener chez eux. Et même sans respecter la consigne de Harley sur la vitesse, il était sept heures et demie quand je descendis tout engourdi du cockpit, et aidai Joe à pousser l'appareil dans le hangar.

— Vous en avez besoin pour dimanche, non ? demanda-t-il.

— Oui. Colin Ross va en France.

Je bâillai en m'étirant, ramassai mon lourd sac de voyage avec toutes mes cartes et mes documents.

— On vous fait travailler dur.

— Je suis là pour ça.

Il fourra ses mains dans les poches de son bleu.

— Les avions, vous ne les brutalisez pas, il faut bien le reconnaître. Larry, il avait la main lourde. Il y avait toujours des pièces à changer, avant que vous arriviez.

Je lui souris d'un air reconnaissant, et lui demandai s'il pourrait me prêter sa Mini.

— Vous prêter ma Mini ? répéta-t-il, étonné. Vous voulez dire maintenant, tout de suite ?

Je hochai la tête.

— Pour la soirée.

— Ben... d'accord. Je n'en ai pas vraiment besoin ce soir. Remettez de l'essence avant de me la rendre.

— O.K. Et merci.

Maintenant que j'étais motorisé, il fallait prendre rendez-vous. Une agréable voix masculine répondit au téléphone, calme et polie.

— Le duc de Wessex ? Oui, c'est bien sa résidence. Qui est à l'appareil, s'il vous plaît ?

— Matt Shore.

— Une minute, sir.

La minute s'étira, et je dépensai une semaine de salaire en bière puisée au distributeur. Enfin, on prit le récepteur à l'autre bout, et, la respiration un peu oppressée, la voix très reconnaissable du duc prononça :

— Matt ? Mon cher ami, que puis-je faire pour vous ?

— Si vous n'êtes pas trop occupé ce soir, sir, pourrais-je venir vous voir quelques minutes ?

— Ce soir ? Occupé ? Hum... C'est au sujet du baptême de l'air de Matthew ?

— Non, sir, c'est pour autre chose. Ce ne sera pas long.

— Mais venez donc, mon cher ami, si ça vous fait plaisir. Après dîner, peut-être ? Disons neuf heures ?

— Neuf heures. Je serai là.

Le duc habitait près de Royston, à l'ouest de Cambridge. La Mini de Joe dévorait les kilomètres avec un bel appétit, de sorte qu'il était neuf heures pile quand je m'arrêtai dans un garage pour demander la maison du duc. La radio de la Mini dégorgeait les nouvelles du soir. J'écoutai, d'abord d'une oreille distraite, puis avec une attention concentrée. « L'entraîneur Jarvis Kitch et le propriétaire Dobson Ambrose, dont la pouliche Scotchbright a gagné le Prix des Oaks le mois dernier, ont été tués aujourd'hui juste à la sortie de Newmarket, dans une collision multiple. Le jockey australien, Kenny Bayst, qui était dans la même voiture, a été transporté à l'hôpital avec de nombreuses blessures. Ce soir, il semble être hors de danger. Trois lads, bloqués quand un camion a écrasé leur voiture, sont également morts dans cet accident. »

Mécaniquement, je demandai, écoutai et suivis les indications qu'on me donna pour trouver la maison du duc, je pensais à ce gros emmerdeur d'Ambrose, et à Kitch, son imbécile d'entraîneur, espérant que Kenny pourrait encore monter, et essayant de comprendre les ramifications.

Rien d'autre aux nouvelles, sauf le bulletin de la météo : la vague de chaleur continuait.

Pas un mot sur Rupert Tyderman. Mais ce jour-là, la police avait vu Tyderman.

CHAPITRE XIII

Le domestique du duc était aussi agréable que sa voix : petit, sûr de lui, les yeux légèrement exorbités, frisant la cinquantaine, et avec des manières qui rappelaient beaucoup la bienveillance naturelle du duc. La maison aux destinées de laquelle il présidait était ouverte au public, annonçait une notice, tous les jours entre le 1er mars et le 30 novembre. Je découvris que le duc habitait dans le tiers supérieur de l'aile sud-ouest.

— Le duc vous attend, sir. Voulez-vous me suivre ?

Je suivis. La distance sur laquelle je le suivis m'expliqua la longueur de mon attente quand j'avais téléphoné au duc, et aussi son essoufflement quand il était enfin arrivé à l'appareil. Nous montâmes trois étages, puis, après un kilomètre de couloirs, nous remontâmes encore, jusqu'au grenier. Dans les demeures seigneuriales du XVIIIe siècle, on peut dire que les greniers étaient loin de l'entrée.

Le domestique ouvrit une porte peinte en blanc, et s'effaça gravement.

— M. Shore, Votre Grâce.

— Entrez, entrez donc, mon ami, dit le duc.

J'entrai. Et je souris instantanément, enchanté, ravi. La pièce carrée et basse de plafond contenait un immense train électrique, monté en un circuit vaste et irrégulier, sur des tréteaux peints en vert. Une gare, des voies de garage, deux petites villes, un embranchement, des tunnels, des côtes, des viaducs, rien ne manquait. Au centre de l'anneau, le duc et son neveu Matthew, debout derrière un vaste panneau de contrôle, actionnaient les manettes qui faisaient tourner bruyamment six trains sur le circuit.

Le duc poussa son neveu du coude.

— Je vous l'avais bien dit, il aime ça.

Le jeune Matthew me jeta un bref regard, et retourna à ses manœuvres compliquées.

Le duc dit :

— Passez donc sous la table, de préférence sous la boîte à signaux...

Il me montra l'endroit, et je fis le voyage indiqué à quatre pattes. Je me relevai au centre de l'anneau, et je regardai les lignes qui s'entrecroisaient devant moi. Ça me rappela la passion sans espoir que je ressentais pour les trains quand j'étais petit : mon père était un pauvre instituteur qui dépensait tout son argent en livres.

Les deux passionnés du rail me montrèrent où les lignes se croisaient, et comment on pouvait aiguiller les trains pour éviter les collisions. Ils avaient la voix vibrante de bonheur, les yeux brillants, le visage concentré.

— J'ai construit tout ça petit à petit, naturellement, dit le duc. J'ai commencé quand j'étais enfant. Puis, pendant des années, je ne suis jamais remonté ici. Pas avant que le jeune Matthew ne soit assez âgé. Maintenant, comme vous pouvez le voir, nous nous amusons comme des fous.

— Nous pensons construire un embranchement qui passera à travers le mur, jusque dans l'autre grenier, dit Matthew. Il n'y a pas assez de place ici.

Le duc hocha la tête.

— La semaine prochaine, peut-être. Pour votre anniversaire.

Le jeune Matthew lui fit un sourire radieux, puis, d'une main experte, il fit avancer une micheline qui dépassa un train de marchandises.

— Il commence à faire nuit, observa-t-il. C'est le moment d'allumer.

— C'est vrai, acquiesça le duc.

D'un geste plein de panache, il pressa un bouton, et tous deux me regardèrent. Tout autour du circuit, dans toutes les gares et les boîtes à signaux, et dans les signaux eux-mêmes, de minuscules lumières électriques s'allumèrent toutes ensemble. Je ne dissimulai pas mon émerveillement.

— Je vous l'avais dit, dit le duc. Ça lui plaît.

Ils jouèrent avec leurs trains pendant encore une bonne heure, parce qu'ils avaient composé un horaire, et ils voulaient savoir s'ils pouvaient le respecter avant de l'afficher dans la gare. Le duc s'excusa, sans trop de remords, de me faire attendre, mais c'était, m'expliqua-t-il, le premier soir de vacances de Matthew, et ils avaient attendu cette occasion tout le trimestre.

A onze heures moins vingt, le dernier train s'arrêta devant la gare, et Matthew se mit à bâiller. Avec la satisfaction que donne le travail bien fait, les deux cheminots déplièrent de larges cache-poussière, et les étendirent soigneusement sur les voies silencieuses. Puis nous passâmes tous les trois à quatre pattes sous la table.

Le duc nous précéda dans l'escalier, nous reparcourûmes un kilomètre de couloirs, et nous nous trouvâmes enfin dans son appartement.

— Allez vite vous coucher, Matthew, dit-il à son neveu. A demain matin. Huit heures précises devant les écuries.

— D'accord, dit Matthew. Et après, les courses.

Il poussa un soupir de satisfaction.

— C'est mieux que l'école, dit-il.

Le duc me fit entrer dans un petit salon peint en blanc, avec tapis persans, fauteuils en cuir, et innombrables gravures représentant des scènes de chasse.

— Vous prendrez bien quelque chose ? suggéra-t-il en montrant un plateau.

Je regardai les bouteilles.

— Un whisky, s'il vous plaît.

Il hocha la tête, remplit deux verres, m'en donna un en me montrant un fauteuil.

— Et maintenant, mon cher ami ?...

Soudain, ce que j'étais venu lui demander me semblait difficile. Il était d'une honnêteté si transparente, si évidemment incapable de tromperie. Était-il seulement capable de comprendre la méchanceté ?

— J'ai parlé avec Annie Villars à propos de votre cheval, Rudiments, dis-je.

Il fronça légèrement les sourcils.

— Elle a été contrariée que je laisse son ami Rupert Tyderman me conseiller... J'ai horreur de contrarier Annie, mais j'avais promis... De toute façon, elle a tout merveilleusement arrangé, je crois, et maintenant que son ami s'est révélé si extraordinaire, avec ses bombes, je suppose qu'il ne cherchera plus à me conseiller à propos de Rudiments.

— Est-ce qu'il vous a présenté à certains de ses amis ?

— Vous voulez parler d'Eric Goldenberg ? Oui. Je ne peux pas dire qu'il m'avait beaucoup plu, d'ailleurs. Il ne m'inspirait pas confiance. Et le jeune Matthew ne l'aimait pas non plus.

— Est-ce que Goldenberg vous avait parlé d'assurances ?

— D'assurances ? répéta-t-il. Non, je ne me souviens pas.

Je fronçai les sourcils. C'était forcément les assurances. Forcément.

— C'est son autre ami, dit le duc, qui s'est occupé de l'assurance.

Je le fixai.

— Quel autre ami ?

— Charles Carthy-Todd.

Je battis des paupières.

— Qui ?

— Charles Carthy-Todd, répéta-t-il patiemment. C'est une connaissance de Rupert Tyderman. Tyderman nous l'a présenté un jour. Je crois que c'était aux courses de Newmarket. De toute façon, c'est Charles qui m'a proposé l'assurance. J'ai trouvé que c'était une très bonne idée. Solide. Quelque chose qui manquait. Et qui devrait rendre service à beaucoup de gens.

— Pourriez-vous m'expliquer un peu comment vous avez monté cette affaire ?

— Vous vous intéressez aux assurances, mon ami ? Je pourrais vous donner un mot de recommandation pour la Lloyd's, mais...

Je souris. Pour prendre une assurance à la Lloyd's, il faut considérer que cent cinquante briques ne sont que de la petite monnaie. Avec sa bienveillante simplicité, le duc était un homme très riche.

— Non, sir. Il n'y a que le Fonds d'assurances des turfistes qui m'intéresse. Comment il a été organisé, comment il est dirigé.

— C'est Charles qui s'occupe de tout, mon ami. Moi, je n'arrive pas à comprendre toutes ces choses-là. C'est trop technique, vous savez ? J'aime bien mieux les chevaux, vous comprenez ?

— Oui, sir, je comprends. Alors vous pourriez peut-être me parler de Charles Carthy-Todd. Comment il est, etc.

— Il est à peu près de votre taille, mais beaucoup plus lourd, avec des cheveux noirs et des moustaches. Je crois bien qu'il a des moustaches... oui, c'est bien ça, des moustaches.

Ça me fit un choc. La description de Charles Carty-Todd correspondait presque exactement à l'impression que Nancy avait gardée du compagnon de Tyderman. Mais il y a des tas de gens qui ont les cheveux noirs, des moustaches et des lunettes...

— Ce que je voulais dire, sir, c'est son... euh... caractère.

— Mais bien, mon cher ami, très bien. Un homme parfait. Spécialiste des assurances. Il a travaillé des années pour une grande compagnie de la City.

— Et... son passé ? suggérai-je.

— Il a fait ses études à Rugby. Puis il est entré dans les affaires. Bonne famille, naturellement.

— Vous les avez rencontrés ?

Il parut surpris de la question.

— Pas vraiment, non. Des relations d'affaires, voilà quels sont mes rapports avec Charles. Je crois que sa famille est originaire de l'Herefordshire. Il y a des photos d'eux dans notre bureau... terres, chiens, chevaux, femme et enfants, ce genre de choses. Pourquoi me demandez-vous ça ?

J'hésitai.

— Est-ce qu'il est venu vous trouver avec le plan du Fonds d'assurances tout prêt ?

Il secoua son visage distingué.

— Non, non, mon ami. C'est venu comme ça dans la conversation. Nous parlions de ce petit entraîneur de steeple-chase qui s'est noyé pendant les vacances, et nous disions que sa famille était dans une triste situation, et qu'il devrait y avoir quelque chose de prévu pour couvrir toutes les personnes qui prennent part aux courses, et pas seulement les jockeys. Et puis, bien entendu, quand nous avons travaillé cette idée, nous l'avons étendue au public des courses. Charles m'a expliqué que plus il y a de gens qui payent une prime, plus on peut payer en cas d'accident.

— Je vois.

— Nous avons déjà fait beaucoup de bien, affirma-t-il avec un sourire heureux. Charles me disait l'autre jour que nous avons déjà payé trois personnes qui ont eu des accidents, et qu'elles sont si satisfaites qu'elles conseillent à tout le monde de s'assurer.

Je hochai la tête.

— J'ai rencontré l'une d'elles. Elle s'est cassé la cheville et a touché mille livres.

Il rayonnait.

— Vous voyez bien.

— Quand avez-vous démarré cette affaire ?

— Laissez-moi réfléchir. En mai, je crois. Vers la fin mai. Il y a environ deux mois. Ça nous a pris un certain temps pour tout organiser, après que nous nous sommes décidés.

— C'est Charles qui s'est chargé de l'organisation ?

— Naturellement, mon ami.

— Avez-vous pris conseil de vos amis de la Lloyd's ?

— Parfaitement inutile, vous savez. Charles est lui-même un spécialiste. Il a rédigé tous les papiers. Moi, je me suis contenté de les signer.

— Mais vous les avez lus avant ?

— Oh ! oui, dit-il d'un ton rassurant.

Puis il eut un sourire enfantin :

— Mais je n'y ai pas compris grand-chose, bien entendu.

— Et vous avez apporté l'argent vous-même ?

Depuis l'effondrement des assurances-automobiles au rabais, j'avais lu quelque part que les compagnies d'assurances privées devaient avoir une garantie d'au moins cinquante mille livres avant que la chambre de commerce ne leur donne le feu vert.

— C'est exact.

— Cinquante mille livres ?

— Nous avons pensé qu'il valait mieux cent mille livres. Ça donne plus de standing, voyez-vous, plus de poids.

— C'est Charles qui l'a dit ?

— Il sait tellement de choses sur ces questions.

— Oui.

— Mais, bien entendu, je n'aurai jamais à produire cet argent. C'est une garantie de bonne foi, pour respecter la loi. Les primes couvriront les dédommagements, le salaire de Charles et tous les frais. Charles a tout combiné. Et je lui ai dit dès le début que je ne voulais en retirer aucun profit, parce que je ne faisais que prêter mon nom. Je n'ai aucun besoin de gagner de l'argent. Et je lui ai dit d'ajouter ma part au fonds de paiement, et il a trouvé que c'était une très bonne idée. Notre seul but, voyez-vous, c'est de faire du bien.

— Vous êtes un homme singulièrement gentil, prévoyant et généreux, dis-je.

Il en fut embarrassé.

— Mais mon ami...

— Et après les nouvelles de ce soir, je crois que plusieurs veuves de Newmarket vont bénir votre nom.

— Quelles nouvelles ?

Je lui racontai l'accident dans lequel Kitch, Ambrose et trois lads avaient trouvé la mort. Il en fut horrifié.

— Oh, les pauvres, les pauvres ! Je ne peux qu'espérer que vous avez raison, et qu'ils s'étaient assurés.

— Est-ce que les primes que vous avez déjà encaissées seront suffisantes pour couvrir plusieurs dédommagements importants à la fois ?

Cela ne le troubla pas le moins du monde.

— Je crois que oui. Ce sera à Charles de voir. Mais même si ce n'est pas suffisant, je payerai la différence. Personne ne sera lésé. C'est à cela que sert la garantie, voyez-vous ?

— Oui, sir.

— Kitch et Ambrose, dit-il. Les pauvres...

— Et Kenny Bayst est à l'hôpital, gravement blessé.

— Oh, mon Dieu !

Sa détresse était sincère. Il se sentait vraiment concerné par leur sort.

— Je sais que Kenny Bayst s'était assuré chez vous. Enfin, il m'avait dit qu'il allait le faire. Et après cet accident, vous allez être submergé de demandes.

— Je crois que vous avez raison. Vous avez l'air de comprendre les choses exactement comme Charles.

— Est-ce que Charles avait une idée publicitaire pour lancer votre affaire sur une grande échelle ?

— Je ne vous comprends pas, mon cher ami.

— Qu'est-il arrivé au Fonds d'assurances, demandai-je avec naturel, après que cette bombe eut fait sauter l'avion qui transportait Colin Ross ?

Sa mine devint enthousiaste.

— Il y a des foules de gens qui m'ont dit qu'ils allaient s'assurer, vous savez. Ça les avait fait réfléchir, m'ont-ils déclaré. J'ai demandé à Charles s'ils avaient joint les actes à la parole, et il m'a répondu que oui, qu'il avait reçu pas mal de demandes. Et j'ai ajouté que, puisque personne n'avait été blessé, cette bombe semblait avoir fait beaucoup de bien à notre Fonds. Charles en eut l'air surpris, et dit que c'était le cas, en effet.

Charles avait rencontré le duc par l'intermédiaire de Rupert Tyderman. Rupert Tyderman avait fait exploser la bombe. S'il y avait une chose sûre et certaine, c'est que Charles Carthy-Todd n'était absolument pas étonné que l'argent ait suivi l'explosion. Il avait calculé qu'il en serait ainsi. Et il avait calculé juste.

— Charles a envoyé des brochures, exhortant tout le monde à s'assurer contre les bombes, dis-je.

Le duc sourit.

— Oui, c'est vrai. Je crois que ça a été très efficace. Vous voyez, nous avons pensé que, puisque personne n'avait été blessé, il n'y avait pas de mal à ça.

— Et comme c'était Colin Ross qui était à bord,

l'incident de la bombe a été abondamment commenté à la télévision et dans les journaux... et a eu sur votre Fonds un impact beaucoup plus grand que s'il s'était agi de quelqu'un d'autre.

Le front du duc se plissa.

— Je ne suis pas bien sûr de vous comprendre.

— Ne faites pas attention, sir. Je pensais tout haut.

— Habitude très facile à prendre. Moi-même, je le fais souvent, vous savez.

Le second sabotage de Carthy-Todd et Tyderman n'avait pas été aussi réussi, pensai-je. Certainement qu'en s'en prenant à Colin Ross ils avaient eu autant de publicité que la première fois, mais le fait que ce soit toujours dirigé sur la même personne avait dû en affaiblir l'effet. Pourtant, je pouvais me tromper...

— Cette conversation est très agréable, dit le duc. Mais, mon cher ami, le temps passe. A quel sujet désiriez-vous donc me voir ?

— Euh...

Je m'éclaircis la voix.

— Vous savez, sir, j'aimerais beaucoup rencontrer M. Carthy-Todd. Il a l'air d'un homme très dynamique et entreprenant.

Le duc hocha la tête avec chaleur.

— Savez-vous où je pourrais le trouver ?

— Vous voulez dire, ce soir ?

Il avait l'air perplexe.

— Non, sir. Demain, ce sera suffisant.

— Je suppose que vous le trouverez à notre bureau. Il est certain qu'il y sera, parce qu'il sait que je viendrai moi-même. Les courses de Warwick, vous comprenez ?

— Le bureau du Fonds d'assurances... est à Warwick ?

— Bien sûr.

— C'est bête de ma part, dis-je. Je ne le savais pas.

Le duc me fit un clin d'œil.

— Je vois que vous ne vous êtes pas encore assuré.

— Je m'assurerai dès demain. J'irai au bureau. Je serai aussi à Warwick, pour les courses.

— Parfait, dit-il, parfait. Le bureau n'est qu'à quelques centaines de mètres du champ de courses.

Il introduisit deux doigts dans une de ses poches et en tira une carte de visite.

— Voici l'adresse, mon ami. Si vous arrivez environ une heure avant la première course, vous m'y trouverez, et je vous présenterai à Charles. Il vous plaira, j'en suis sûr.

— J'ai hâte de le connaître, dis-je.

Je finis mon whisky et me levai.

— Vous avez été très gentil de me recevoir... et je trouve que vos trains sont absolument merveilleux...

Son visage s'éclaira. Il m'escorta jusqu'à l'entrée, parlant du jeune Matthew, et de leur projets pour les vacances. Il me demanda si je pouvais arranger le baptême de l'air de Matthew pour le jeudi suivant, c'était son anniversaire ce jour-là. Il aurait onze ans.

— Jeudi, c'est parfait, acquiesçai-je. S'il y a un charter ce jour-là, je le prendrai le soir.

— C'est très gentil de votre part, mon ami.

Je considérai son beau visage, distingué, plein de bonté et de confiance. Je savais que si son associé Charles Carthy-Todd levait le pied en emportant les primes, avant de règler les veuves de Newmarket, comme j'étais certain qu'il allait le faire, l'honorable duc de Wessex paierait jusqu'au dernier sou de sa poche. Il est très probable qu'il pouvait se le permettre. Mais ce n'était pas là la question.

Il serait dérouté, blessé, et incroyablement affligé de se trouver mêlé à une escroquerie, et il me semblait particulièrement vil que quelqu'un cherche à abuser de sa simplicité et de sa bonté naturelles.

Charles Carthy-Todd avait entrepris de voler son sucre d'orge à un enfant mentalement arriéré, tout en donnant l'apparence que c'était l'enfant qui l'avait volé. On ne pouvait pas s'empêcher de se sentir protecteur. On ne pouvait pas s'empêcher de vouloir mettre fin à cette situation.

Je dis impulsivement :

— Faites bien attention, sir.

— Mais mon ami... bien sûr.

Je descendis le perron et me dirigeai vers la Mini de Joe qui m'attendait dans l'allée. Je me retournai vers lui, debout dans un rond de lumière jaune, et il me fit gentiment au revoir de la main, puis il referma lentement la porte. A son expression quelque peu perplexe, je vis qu'il n'avait toujours pas bien compris pourquoi j'étais venu.

Il était une heure passée quand je revins à la caravane. Fatigué, affamé, désespéré à propos de Nancy, je n'arrivais pas à trouver le sommeil. A trois heures du matin, je ne dormais toujours pas, m'agitant sous mes draps comme si j'avais la fièvre. Je me levai et m'aspergeai le visage d'eau. Je me recouchai, me relevai, et sortis me promener sur le terrain d'aviation. La nuit froide et étoilée me pénétra jusqu'aux os et me calma un peu, sans me débarrasser de ma violente migraine.

A huit heures, j'entrai au bureau. Il y avait une note pour moi, me demandant d'appeler Colin Ross.

Quand j'appelai Colin Ross du téléphone du salon d'attente, c'est Midge qui répondit. Le soulagement qu'exprimait sa voix était aussi irrésistible que celui que je ressentis.

— Matt... !

Sa voix s'étrangla, et je sus qu'elle luttait contre ses larmes.

— Oh ! Matt... je suis tellement contente que vous appeliez.

Elle renifla, s'interrompit un instant, et, quand elle reprit la parole, sa voix était normale.

— Elle a appelé hier soir, et nous avons parlé un bon moment. Elle a dit qu'elle était désolée de nous avoir tant inquiétés, qu'en réalité elle était partie parce qu'elle était en colère contre elle-même, humiliée d'avoir fait des rêves si bêtes à votre sujet... elle a dit que tout était de sa faute, que vous ne l'aviez pas trompée du tout, qu'elle s'était trompée elle-même... que ce n'était pas parce qu'elle était en colère contre vous qu'elle était partie, mais parce qu'elle s'était conduite comme une idiote... Elle ne savait pas quoi faire, elle se sentait toute désemparée, quand, alors, elle a rencontré une ancienne camarade de faculté. Elle partait camper près de Stratford, et... Nancy a décidé de l'accompagner. Elle a pensé que quelques jours de calme et de peinture lui remettraient les idées en place... et elle nous a téléphoné, et c'est la femme de ménage qui lui a répondu...

Elle s'interrompit, et comme je ne répondis pas immédiatement, elle dit d'une voix angoissée :

— Matt, vous êtes toujours là ?

— Oui.
— Vous ne disiez rien...
— Je pensais à ces quatre derniers jours.
Quatre jours épouvantables, interminables. Quatre nuits de cauchemar, interminables. Et complètement inutiles.
— Colin lui a dit qu'elle aurait dû vous demander des éclaircissements sur ce jugement, au lieu de sauter aux conclusions, dit Midge.
— Elle n'a pas sauté, on l'a poussée.
— Oui. Elle a compris ça, maintenant. Elle est toute retournée. Elle n'ose pas vous voir à Warwick... après toutes les histoires qu'elle a faites...
— Je n'ai pas l'intention de l'égorger.
Elle se mit à rire.
— D'ailleurs, je serai là pour la défendre. Je viendrai en voiture avec Colin. Je vous verrai aussi.
— C'est formidable.
— Colin est en train de faire un petit galop. On se mettra en route dès qu'il sera rentré et aura mangé un morceau.
— Dites-lui d'être prudent. Qu'il pense à Ambrose.
— Oui. Cet accident, c'est vraiment terrible.
— Est-ce que vous savez exactement ce qui s'est passé ?
— Il semble qu'Ambrose ait voulu doubler un camion très lent dans un tournant. Il y avait une autre voiture qui venait en sens inverse... il est rentré en plein dedans, et le camion s'est retourné et a écrasé une voiture avec trois lads. On raconte tout dans le *Sporting Life* d'aujourd'hui.
— Je le lirai à la première occasion. Et, Midge... remerciez Colin de m'avoir appelé hier soir.

— D'accord. Il a dit qu'il ne voulait pas que vous vous inquiétiez plus longtemps. Il avait l'air de penser que vous étiez presque aussi inquiet que nous.

— Presque, acquiesçai-je avec ironie. A tout à l'heure, à Warwick.

CHAPITRE XIV

Je devais piloter un certain M. Whiteknight, sa femme et leurs deux filles jusqu'à Lydd, où les filles devaient rencontrer des amis, et partir avec eux passer leurs vacances en France, au Touquet. Puis, ils voulaient venir voir courir leur cheval à Warwick, dans la première course, ce qui signifiait, puisqu'on ne peut pas atterrir à Warwick, que nous devions atterrir à Coventry et finir en taxi.

Conformément à ce programme, je les chargeai à Buckingham et mis le cap sur le Kent. Les deux filles, d'environ quatorze et seize ans, étaient blasées et désagréables, regardant tout de haut avec une hostilité congénitale. Leur mère se comportait à mon égard avec une froideur gracieuse inspirée par la condescendance, et commandait la famille avec autorité. M. Whiteknight, bougon, inutile, l'image même du pourvoyeur universel et opprimé, fermait la marche, par habitude.

A Lydd, après avoir porté les valises de ces demoiselles sans même qu'elles se donnent la peine de me dire merci, je revins au Cherokee pendant les adieux. M. Whiteknight avait obligeamment laissé son *Sporting Life* sur son siège. Je le ramassai et le lus. Il y avait une photo de l'accident d'Ambrose. Un tas de ferraille, comme d'habitude, poussé sur le bord de la route, conséquence pathétique de l'impatience.

J'ouvris au milieu pour voir dans combien de courses courait Colin à Warwick. Cinq, et dans la plupart, il était favori.

A côté du programme de Warwick, il y avait une annonce en gros caractères.

« Colin Ross s'est assuré chez nous. Pourquoi pas vous ? » Au-dessous, en caractères plus petits, on continuait : « Vous, vous n'aurez peut-être pas la chance de survivre à deux chaudes alertes. Ne prenez pas de risque. Découpez la formule d'adhésion ci-dessous et renvoyez-la, accompagnée de cinq livres, au Fonds d'assurances des turfistes, Avon Street, Warwick. Votre assurance prend effet dès l'instant où votre lettre est dans la boîte. »

Je posai le journal sur mes genoux, regardant dans le vague et grinçant des dents.

Le major Tyderman avait dit à Annie Villars que lui et un de ses amis avaient une idée pour faire fortune. Elle croyait qu'il pensait aux courses truquées de Rudiments, mais, bien entendu, ce n'était pas ça. Les manœuvres avec Rudiments avaient eu lieu, simplement parce que le major ne pouvait pas résister à une petite escroquerie, même quand il en avait une plus grosse en train.

Tyderman s'était fait présenter au duc par Annie, pour pouvoir à son tour présenter Carthy-Todd. Goldenberg était accessoire, utile seulement pour prendre les paris. Carthy-Todd était primordial, le cerveau, l'instigateur. Tous les autres, Tyderman, le duc, Colin, Annie, moi, nous tous, nous n'étions que des pions sur son échiquier, pions à déplacer jusqu'à ce qu'il ait gagné la partie.

Tout rafler et lever le pied, c'est comme ça qu'il avait dû décider de jouer. Il n'avait pas attendu que le Fonds se développe lentement et naturellement, il avait fait sauter un avion, et s'était servi de Colin Ross pour se faire de la publicité. Il ne serait resté que jusqu'au moment où les demandes de dédommagements auraient commencé à augmenter, et si les victimes de l'accident de Newmarket étaient assurées, il disparaîtrait dans la semaine. Il resterait juste assez longtemps pour empocher les nouvelles primes qui afflueraient après l'accident, et tout serait dit. Un rapide transfert d'argent dans une banque suisse. Et un billet sans retour pour son nouveau terrain de chasse.

Je ne voyais pas comment l'arrêter. Il n'y aurait pas de preuve qu'il comptait lever le pied, avant qu'il ne soit effectivement parti. Je n'avais rien pour étayer mes convictions. Personne n'allait prendre des mesures radicales à entendre ce qui était à peine plus qu'une hypothèse. Je pourrais peut-être téléphoner à la commission d'enquête... mais la commission d'enquête et moi, nous n'étions pas dans les meilleurs termes. Le Grand m'écouterait peut-être, lui. Après tout, il m'avait demandé de lui faire part de mes idées. Peut-être avaient-ils des accointances dans les assurances. Peut-être pas.

En soupirant, je repliai le journal de M. Whiteknight et jetai encore un coup d'œil sur la photo de l'accident. En bas, dans un coin de la colonne de gauche, à côté du compte rendu de l'accident, le titre d'un court paragraphe attira mon attention.

Tyderman, pouvait-on lire, était mort. Je lus les quelques lignes qui suivaient, de plus en plus alarmé.

« Un homme, que l'on croit être le major Tyderman, a été trouvé hier de bonne heure près de la voie ferrée Londres-pays de Galles, entre Swindon et Bristol. Après avoir attribué sa mort à une chute du train, on a établi par la suite qu'elle avait été causée par un coup de couteau. La police, qui recherchait le major Tyderman, fait une enquête. »

Les parents Whiteknight revenaient vers l'avion au moment où je me décidai. Ils furent contrariés quand je leur dis que j'avais un coup de téléphone à donner. On n'avait pas le temps, dirent-ils.

— C'est pour avoir la météo, mentis-je effrontément.

Ils levèrent les yeux vers le ciel uniformément bleu, et me gratifièrent de regards furibonds que je méritais bien. Mais je suivis mon idée.

Le domestique du duc me répondit.

— Non, monsieur Shore, je suis désolé. Sa Grâce est partie pour Warwick il y a une demi-heure.

— Est-ce que le jeune Matthew était avec lui ?

— Oui, sir.

— Savez-vous s'il avait l'intention de passer au Fonds d'assurances avant d'aller aux courses ?

— Je crois que oui, sir.

Je raccrochai, de plus en plus soucieux. La mort de Rupert Tyderman plaçait le jeu à un autre niveau. Avant, des vies humaines avaient été mises en danger, dans l'avion ; l'insensibilité foncière était là ; mais en ces occasions, l'intention expresse était de ne pas tuer. Maintenant, si Carthy-Todd avait décidé de faire le vide derrière lui... si la gaffe de Tyderman avec Nancy, qui l'avait découvert, avait aussi directement provoqué sa mort... si Carthy-Todd avait tué Tyderman pour l'empêcher de témoigner contre lui...

irait-il, était-il possible qu'il aille jusqu'à tuer le bon, le simple, l'honnête duc ?...

Il n'irait pas jusque-là. C'était impossible.

Mais j'échouai radicalement à m'en convaincre.

Les Whiteknight n'eurent pas à se plaindre de la vitesse à laquelle je les conduisis à Coventry, mais pourtant, ils n'acceptèrent que de mauvaise grâce de me laisser partager leur taxi. Je les laissai à la grande grille, et repartis vers la ville, cherchant le bureau du Fonds d'assurances. Comme le duc l'avait dit, ce n'était pas loin : moins de quatre cents mètres.

Il était situé au premier étage d'un pavillon assez bien tenu, sans pelouse sur le devant. Le rez-de-chaussée semblait inhabité, mais la porte était ouverte, et, sur le mur, une pancarte annonçait : « Fonds d'assurances des turfistes. Montez, s'il vous plaît. »

Je montai. Sur le palier, il y avait des toilettes, le bureau d'une secrétaire, et, sur le devant, une porte pourvue d'une serrure automatique et d'un heurtoir en forme de tête de cheval. Je heurtai deux fois, et la porte s'ouvrit toute grande.

— Hello ! dit le jeune Matthew. Mon oncle était justement en train de dire que vous alliez nous manquer. On partait aux courses.

— Entrez donc, mon cher ami, dit la voix du duc, de l'intérieur.

J'entrai dans le bureau. A première vue, luxueux : moquette prune, mais de qualité médiocre, deux profonds fauteuils à rembourrage bon marché, deux classeurs en métal et un bureau moderne. L'impression d'une affaire solide et ancienne venait exclusivement des bonnes proportions de la pièce à large fenêtre, des moulures XIXe siècle du plafond, du manteau de cheminée en bois et marbre sculptés, et de quelques tableaux accrochés aux murs dans des cadres dorés. Ce bureau avait été conçu avec un certain génie pour convaincre, rassurer, charmer. Et comme les clients des assurances visitent rarement les bureaux, celui-ci avait dû être conçu pour convaincre, rassurer et charmer le duc, et lui seul.

Le duc me présenta à l'homme assis derrière le bureau et qui venait de se lever.

— Charles Carthy-Todd... Matthew Shore.

Je lui serrai la main. Il m'avait déjà vu, comme je l'avais déjà vu. Ni l'un ni l'autre n'en laissâmes rien paraître. J'espérai qu'il n'avait pas remarqué chez moi l'imperceptible baisse de tension que j'avais remarquée chez lui. La tension que je ressentais n'avait pas diminué du tout.

Il était tout ce que le duc m'avait annoncé : de la voix, de la présence, un gentleman, produit des *public schools*. C'était nécessaire, pour tromper le duc ; et il y avait aussi toutes les photos dont le duc avait parlé, pour le prouver.

Il avait des cheveux noirs où couraient quelques fils d'argent, une petite moustache serrée, un hâle rosâtre, une peau légèrement huileuse, et de lourdes lunettes à monture noire pour soulager ses yeux bleu-gris.

Le duc était confortablement assis dans un fauteuil près de la fenêtre ; son visage splendide était entouré d'un halo lumineux. Ses jambes étaient croisées, ses mains détendues, et il fumait un cigare. A son air bienheureux, il était facile de comprendre quelle fierté lui inspirait son Fonds si philanthropique. J'espérais sincèrement pour lui qu'il n'allait pas se réveiller de son rêve.

Charles Carthy-Todd se rassit, et reprit ce qu'il était en train de faire quand j'étais entré : offrir au jeune Matthew un morceau d'écorce d'orange confite enrobée de chocolat, dans une boîte en fer ronde, rouge et or, et à demi vide. Matthew le prit, remercia, mangea, et le regarda avec une réserve anxieuse. Comme le duc, j'avais confiance en l'instinct de Matthew. Et il n'était que trop clair que son instinct ne lui disait rien de bon. J'espérai pour nous tous que ses bonnes manières l'empêcheraient de le montrer.

— Charles, donnez un formulaire d'adhésion à Matt, dit le duc. C'est pour cela qu'il est venu, vous savez ; pour s'assurer chez nous.

Carthy-Todd se leva docilement, alla au classeur, ouvrit le premier tiroir et en sortit deux feuilles. L'une était, apparemment, le formulaire d'adhésion, l'autre, pleine de paraphes compliqués, était un certificat d'assurance. Je remplis les espaces blancs du formulaire ultra-simple pendant que Carthy-Todd inscrivait mon nom et un numéro sur le certificat ; puis je lui donnai un billet de cinq livres, ce qui me laissait assez pour vivre de cornflakes jusqu'à la paye, et la transaction fut terminée.

— Maintenant, faites bien attention, Matt, plaisanta le duc.

Je souris, et je lui répondis que je ferais attention.

Le duc consulta sa montre.

— Mon Dieu !

Il se leva.

— Allons, venez, tout le monde. Il est temps de nous rendre au champ de courses. Et plus d'excuses, Charles, j'insiste pour que vous déjeuniez avec moi.

Se tournant vers moi, il m'expliqua :

— Charles va très rarement aux courses. Ça ne l'intéresse pas tellement, vous comprenez ? Mais aujourd'hui, c'est si près...

L'aversion de Carthy-Todd pour les courses m'était parfaitement compréhensible. Il voulait rester invisible, anonyme, inconnaissable, comme il l'avait toujours été. Charles devait choisir avec soin les courses auxquelles il se rendait. Je suppose qu'il ne devait jamais y aller avant d'être sûr que le duc n'y serait pas.

On retourna au champ de courses, le duc et Carthy-Todd devant, le jeune Matthew et moi derrière. Le jeune Matthew ralentit un peu et me dit d'une petite voix tranquille :

— Dites, Matt, vous n'avez pas remarqué quelque chose de bizarre chez M. Carthy-Todd ?

Je le regardai. Il était mi-anxieux, mi-perplexe, et voulait être rassuré.

— Qu'est-ce que vous lui trouvez de bizarre ?

— Je n'ai jamais vu personne avec des yeux comme ça.

Les enfants sont incroyablement observateurs. Matthew avait remarqué naturellement ce que je cherchais confusément.

— Il vaut mieux ne pas le lui dire. Ça ne lui ferait sûrement pas plaisir.

— Sûrement pas.

Il fit une pause.

— Je ne l'aime pas plus que ça.

— Ça se voit.

— Et vous ?

— Non, dis-je.

Il hocha la tête avec satisfaction.

— Je pensais bien que vous ne l'aimeriez pas. Je

ne sais pas pourquoi mon oncle l'aime tellement. Mon oncle, ajouta-t-il d'un ton impartial, il ne comprend rien aux gens. Il croit que tout le monde est aussi gentil que lui. Et ce n'est pas vrai.

— Dans combien de temps pourrez-vous vous occuper de ses affaires ?

Il éclata de rire.

— Je sais tout ce qu'on peut savoir sur les tuteurs. J'en ai. On ne peut pas avoir ci, on ne peut pas faire ça, c'est tout ce qu'ils savent dire. C'est maman qui le prétend.

— Est-ce que votre oncle a un conseil de famille ?

— Non. Maman est toujours en train de rouspéter, parce qu'elle pense que mon oncle n'est pas capable d'administrer toutes ses richesses, et qu'un de ces jours, il va tout investir dans une Chimère des Mers du Sud. Je l'ai répété à mon oncle, et il a éclaté de rire. Il m'a répondu qu'il avait un agent de change qui s'occupait de tout, et comme ça, mon oncle devient plus riche tout le temps, et quand il a besoin d'argent, pour quelque chose, il dit à son agent de vendre des actions. C'est simple. Maman en fait tout un plat pour rien. Mon oncle n'aura jamais d'ennuis avec son argent, parce qu'il sait qu'il n'y connaît rien, si vous voyez ce que je veux dire ?

— Il ne faudrait quand même pas qu'il en donne trop à M. Carthy-Todd, dis-je.

Il me regarda d'un air entendu.

— C'est bien ce que je pense... Vous croyez que ça servirait à quelque chose si j'essayais de l'en dégoûter un peu ?

— Ça ne pourrait pas faire de mal.

— J'essayerai, dit-il. Mais c'est fou ce qu'il l'aime.

Il réfléchit profondément, puis releva la tête avec un grand sourire.

— Il faut reconnaître que ses chocolats sont drôlement bons, dit-il.

L'accident de Kenny Bayst avait bouleversé Annie Villars.

— Je suis allée le voir ce matin. Il a les deux jambes cassées, et le visage plein d'éclats de verre. Il ne pourra pas courir avant la prochaine saison. Heureusement qu'il est assuré au Fonds d'assurances des turfistes. Il avait payé prime double, de sorte qu'il espère toucher au moins deux mille livres. C'est une idée merveilleuse, ce Fonds.

— Vous vous êtes assurée ?

— Sûrement. Après cette histoire de bombe. A ce moment-là, je ne savais pas que c'était Rupert, bien sûr. Quand même, il vaut mieux ne pas remettre au lendemain ce qu'on peut faire le jour même, vous ne trouvez pas ?

— Est-ce que Kitch et les trois lads étaient assurés aussi ?

Elle hocha la tête.

— C'étaient tous les trois des lads de Kitch. Il leur avait conseillé à tous de s'assurer. Il avait même proposé de déduire le montant de la prime de leur salaire, petit à petit. Tout le monde ne parle que de ça, à Newmarket, et trouve que c'est quand même une chance. Tous les lads de la ville qui ne sont pas encore assurés vont envoyer leurs cinq livres ces jours-ci.

J'hésitai.

— Vous avez lu, dans *Sporting Life*... à propos de Rupert Tyderman ?

Son visage se crispa : pour la première fois depuis que je la connaissais, l'inflexion de sa bouche s'adoucit sans que ce changement soit consciemment voulu.

— Pauvre Rupert... Quelle tristesse, de finir assassiné comme ça !

— Alors, il n'y a pas de doute ?

Elle secoua la tête.

— Dès que j'ai lu l'article, j'ai téléphoné au journal, à Kemble... c'est là qu'ils l'ont trouvé. Ils m'ont dit qu'on l'a découvert au pied d'un remblai, près d'un pont routier qui enjambe la voie ferrée. Ils pensent qu'on a dû l'amener là pendant la nuit, et qu'il n'est sans doute pas tombé du train...

Elle secoua la tête, médusée.

— Il avait reçu un coup de couteau au-dessous de l'omoplate gauche, et il était mort depuis des heures quand on l'a découvert.

Il me fallut un bon bout de temps, pour trouver le duc seul, sans Carthy-Todd sur les talons, mais j'y arrivai quand même.

— J'ai oublié mon portefeuille dans le bureau du Fonds d'assurances, dis-je. J'ai dû le laisser sur le bureau quand j'ai payé ma prime... Pourriez-vous me prêter la clé, sir, si vous en avez une, pour que j'aille le chercher ?

— Mais bien sûr, mon ami.

Il tira de sa poche un trousseau dont il détacha une petite clé toute neuve et brillante.

— Voilà. C'est celle-là.

— Merci beaucoup, sir. Je n'en aurai pas pour longtemps.

Je m'éloignai d'un pas, puis me retournai en souriant et dis en plaisantant :

— Et qu'est-ce qui arriverait, sir, si vous étiez tué dans un accident de la route ? Qu'est-ce qui arriverait au Fonds ?

Il me sourit d'un air paternel et rassurant.

— On a pensé à tout, mon cher ami. Certains des papiers que j'ai signés prévoient le cas. L'argent du Fonds serait garanti par arrangement spécial, sur mon héritage.

— C'est aussi Charles qui a arrangé ça ?

— Naturellement. Bien sûr. Il s'y connaît, vous savez.

Avant d'arriver à la grande grille, une voix cria derrière moi :

— Matt !

Je m'arrêtai et me retournai. C'était Colin, qui se hâtait vers moi, portant la selle du perdant qu'il venait de monter dans la première course.

— Je n'ai qu'une seconde, dit-il. Il faut que je me change pour la prochaine. Vous ne partiez pas, au moins ? Vous avez vu Nancy ?

— Non. Je l'ai cherchée. Je pensais... peut-être...

Il secoua la tête.

— Elle est ici. Là-haut, à la tribune, avec Midge.

Je suivis la direction de son regard, et je les vis, là-haut, toutes petites dans la distance, parlant tête contre tête, les deux moitiés d'un tout.

— Vous savez laquelle est Nancy ? demanda Colin.

Je répondis sans hésitation :

— Celle de gauche.

— La plupart des gens ne les distinguent pas.

Il regarda la tête que je faisais, et dit avec exaspération :

— Si vous l'aimez tellement, pourquoi ne le lui dites-vous pas, nom de Dieu ? Elle croit que tout est de sa faute... elle essaie de le cacher, mais elle est très malheureuse.

— Je n'ai rien pour la faire vivre.

— Qu'est-ce que ça peut faire ? Vous viendrez habiter avec nous. On ne demande que ça. Midge ne demande que ça... et tout de suite, pas dans dix ans, quand vous pensez que vous pourrez vous le permettre. Pour nous, l'avenir, c'est maintenant, cet été. Après ça, il ne restera peut-être plus beaucoup de temps.

Il remonta la selle sur son bras, et regarda en direction de la salle de pesée.

— Il faut que je parte. Mais on en reparlera plus tard. Je vous ai appelé parce que je croyais que vous partiez.

— Je reviendrai bientôt.

Je me retournai et marchai avec lui vers la pesée.

— Colin... il faut que j'en parle à quelqu'un... on ne sait jamais...

Il me regarda d'un air perplexe, et, en deux mots, je lui expliquai pourquoi le Fonds d'assurances était une escroquerie, comment lui et la bombe avaient servi à la publicité, et comment Carthy-Todd était un escroc.

Il s'arrêta pile.

— Ce Fonds était une idée tellement formidable. Quel dommage !

Samedi après-midi. La commission d'enquête était rentrée chez elle, pour tondre les pelouses et s'occuper des femmes et des gosses. Je raccrochai et pensai à la police.

La police était là, sur le champ de courses, arme au pied et prête à l'action. Mais décidée ? J'en doutais. Ils étaient là pour diriger la circulation ; un crime qui n'était pas encore commis ne les ferait pas bouger d'un pouce.

Et toutes deux, au cas où on me croirait, rendraient éventuellement visite à Carthy-Todd. Sur rendez-vous, probablement ; surtout la commission d'enquête.

Et il n'y aurait plus de Carthy-Todd pour les accueillir. Plus de dossiers. Plus de Fonds. Et peut-être plus de duc...

Je m'étais toujours conseillé de ne pas me mettre dans le pétrin.

Mais je ne m'étais jamais écouté.

Pas le moindre tic-tac dans le bureau de Carthy-Todd. Silence absolu. Mais ce n'est que dans ma tête qu'il était oppressant et menaçant. Carthy-Todd était aux courses, en de bonnes mains, et je devais bien avoir une heure devant moi. Du moins, c'est ce que ma raison me disait. Mais mes nerfs semblaient avoir des idées différentes sur la question.

Je me surpris à aller vers le bureau sur la pointe des pieds. Ridicule. Je posai les pieds bien à plat sur la moquette insonorisante.

Rien sur le bureau, sauf un buvard sans taches, un plateau de stylos et crayons, un téléphone vert, la photo d'une femme avec trois enfants et un chien dans un cadre en argent, un registre, fermé, et la boîte de chocolats, rouge et or.

Les tiroirs contenaient du papier à lettres, des trombones, des timbres et une petite pile de brochures « assurez-vous-contre-les-bombes ». Deux des quatre tiroirs étaient complètement vides.

Deux classeurs. L'un fermé à clé, l'autre non. Le tiroir du haut du classeur ouvert contenait les paquets de formulaires d'adhésion et de certificats d'assurance, et un troisième ceux de demandes de dédommagements ; dans le deuxième tiroir, les formulaires d'adhésion remplis par les assurés, rangés soigneusement dans des chemises classées par ordre alphabétique, de A à Z ; et le troisième et dernier, presque vide, ne contenait que trois chemises : l'une « Affaires classées », l'autre « Affaires en cours », et la dernière « Reçus ».

« Affaires classées » contenait les dossiers de dédommagements de mille livres chacun, l'un versé à Acey Jones et l'autre à un entraîneur du Kent qui avait reçu un coup de sabot dans la figure. On avait aussi payé trois cents livres à une jeune fille de Newmarket, qui s'était cassé le poignet en montant. Les formulaires de dédommagements, dûment remplis, et accompagnés de certificats médicaux, portaient le tampon « Payé », avec la date.

« Affaires en cours » était plus épais. Il y avait cinq demandes de dédommagements, annotées « Formulaires envoyés », et deux formulaires remplis, l'un réclamant des dédommagements pour un doigt mordu par un cheval affamé, l'autre pour un pied qu'on avait négligemment laissé traîner sur le chemin d'une tondeuse. D'après les dates, les assurés n'attendaient leur argent que depuis un mois, et peu de compagnies d'assurances payaient plus vite.

La mince chemise « Reçus » était, en un sens, la plus intéressante, le dossier prenait la forme d'un journal, dans lequel, en face de chaque jour, était noté le nombre de gens s'étant assurés. Parties de deux ou trois demandes durant les premières semaines, les opérations avaient poussé comme des champignons.

La première pointe était notée dans la marge, d'une petite écriture fine et soignée « A.C. Jones, etc. ». La seconde, de proportions astronomiques, était notée « Bombe ! ». La troisième, un peu moins importante, « Brochure ». La quatrième, en hausse très nette, « Panne électrique ». Après ça, la moyenne journalière n'avait fait qu'augmenter régulièrement. A ce moment-là, tout le monde était au courant.

En deux mois, cinq mille quatre cent soixante-douze personnes s'étaient assurées, et les primes, vu que certains avaient payé double, se montaient à £28 040.

Avec la ruée qui devait suivre l'accident Kitch-Ambrose (et il était hors de doute que Carthy-Todd ne l'avait pas provoqué, vu que seuls les accidents n'entraînant pas de dédommagements avaient un intérêt pour lui), il y aurait eu presque assez pour régler tous les assurés. Je soupirai en fronçant les sourcils. Comme Colin l'avait dit, c'était vraiment dommage. La conception que le duc avait de son Fonds était parfaitement valable. Dirigé par un honnête homme, et en réajustant légèrement le rapport entre les primes et les dédommagements, il aurait pu faire beaucoup de bien.

Je claquai le tiroir du bas avec irritation, et je me sentis frissonner de peur quand le bruit se répercuta dans la pièce vide.

Personne n'entra. Mes nerfs se calmèrent un peu.

Le classeur fermé ne l'était qu'aux yeux de l'observateur non averti. Je l'inclinai contre le mur et passai la main dessous. Comme je m'y attendais, il était du type qui se ferme grâce à une barre qui coulisse derrière. Je poussai la barre vers le haut, et tous les tiroirs s'ouvrirent.

Je les fouillai rapidement, le bruit que je venais de faire agissant comme accélérateur. Même si j'avais tout mon temps devant moi, j'aimais mieux partir le plus tôt possible.

Le tiroir du haut contenait d'autres paquets de formulaires. Celui du milieu contenait une grande boîte grise en métal, et celui du bas, deux boîtes en carton et deux petites boîtes en fer, carrées.

Prenant une profonde inspiration, je commençai par le haut. Les chemises contenaient tous les documents de fondation du Fonds, et les papiers que le duc avait signés avec tant de confiance. Le jargon légal camouflait parfaitement ce que Carthy-Todd avait fait. Je dus les relire deux fois, en me concentrant de mon mieux, avant de comprendre les conventions que le duc lui avait signées.

La première, comme le duc me l'avait dit, prévoyait le transfert de cent mille livres de son héritage à un fonds de garantie, au cas où il mourrait. La deuxième, à première vue, avait l'air identique, mais était très loin de l'être. Elle disait, en substance, que si le duc mourait au cours de la première année suivant la création du Fonds, cent mille livres seraient versées au fonds de garantie.

Dans les deux cas, Carthy-Todd restait le seul et unique administrateur.

Dans les deux cas, on lui donnait la liberté absolue d'investir ou d'utiliser l'argent de la façon qu'il jugeait la meilleure.

Deux cent mille livres... Je laissai mon regard errer dans le vide. Deux cent mille livres si le duc mourait.

Motif à faire paraître frivole n'importe quel meurtre destiné à assurer le secret.

Les vingt-huit mille livres des primes n'étaient qu'un petit commencement ; l'appât. La timbale, c'était la mort du duc.

Ses héritiers seraient obligés de payer. Le jeune Matthew, pour être précis. Les papiers avaient l'air parfaitement en règle, avec cachets et signatures de témoins, et en fait, il paraissait certain que Carthy-Todd n'aurait pas pris la peine de les faire établir s'ils n'étaient pas d'une légalité à toute épreuve.

Il allait sûrement précipiter les choses. Avec les demandes de dédommagements de l'accident d'Ambrose qui allaient arriver. Le duc mort, les deux cent mille livres devraient lui être versées immédiatement, parce qu'on les déduirait tout de suite de son héritage, comme des dettes. Il n'aurait même pas à attendre le jugement exécutoire. Et si Carthy-Todd pouvait faire traîner un peu les demandes de dédommagements, il lèverait le pied avec l'argent du duc et l'argent des primes.

Je remis les papiers dans la chemise, et la chemise dans le tiroir, je refermai le tiroir, doucement. Mon cœur battait à grands coups.

Deuxième tiroir. Grande boîte en métal. On pouvait l'ouvrir sans la sortir. Je l'ouvris. Beaucoup de place, mais presque vide. Un peu de coton, du démaquillant, de la colle, et un bâton de fond de teint à moitié usé. Je refermai la boîte, refermai le tiroir. Il fallait s'y attendre.

Tiroir du bas. Je m'agenouillai. Deux boîtes en fer, carrées, l'une vide, l'autre pleine, et lourde, et fermée par de l'albuplast. Je regardai d'abord dans les deux boîtes en carton, et je sentis mes poumons se vider d'un coup, comme si on m'avait frappé.

Les boîtes en carton contenaient les détonateurs de bombes radio. Solénoïdes, émetteurs, fils, batterie, et un peu de poudre dans la première boîte. Du plastic enveloppé dans du papier d'étain, dans la seconde.

Je m'assis sur mes talons, regardant la petite boîte en fer pleine. Et je réentendis les paroles du Grand de la commission d'enquête : plus elles sont tassées, plus elles sont meurtrières.

Je décidai de ne pas ouvrir la petite boîte en fer. Je me sentais des sueurs froides.

Je refermai le tiroir du bas avec un luxe de précautions qui me parut idiot quand je me souvins avec quelle violence j'avais poussé le classeur contre le mur pour l'ouvrir. Et puis, il n'y avait pas de risque qu'on fasse exploser la bombe là où elle se trouvait, pas avec tous ces précieux documents juste au-dessus.

Je m'épongeai le front. Me levai. Avalai ma salive.

J'avais trouvé tout ce que j'étais venu chercher, et plus encore. Tout, sauf une chose. Je parcourus le bureau du regard, cherchant. Cherchant un endroit où pouvait être caché quelque chose de grand.

Dans le coin, derrière le bureau de Carthy-Todd, il y avait une porte qui devait mener au bureau de la secrétaire. J'en tournai la poignée. Fermée à clé.

Je sortis et allai à la porte du bureau de la secrétaire, qui était fermée, mais pas à clé. J'y jetai un coup d'œil sur un mur en forme de L, sans porte de communication. La porte de Carthy-Todd était une porte de placard. Je retournai dans le bureau de Carthy-Todd et me mis à considérer la porte. Si je l'ouvrais par effraction, il s'en apercevrait. Si je ne l'ouvrais pas, je ne pouvais que deviner ce qu'il y avait de l'autre côté. Tentative de cambriolage, c'est ça qui forcerait la commission d'enquête à agir. Et qui forcerait le duc à annuler ses conventions, ou du moins à les modifier de telle sorte qu'elles ne mettent plus sa vie en danger...

Carthy-Todd ne s'attendait pas à des ennuis. La clé du placard se trouvait dans le plateau de stylos et crayons, sur le bureau. Je pris la seule clé que j'y trouvai, et elle tourna dans la serrure.

J'ouvris la porte du placard. Elle grinça sur ses gonds, mais j'étais trop absorbé pour m'en apercevoir.

Et voilà ce que je cherchais. M. Acey Jones. Les béquilles appuyées contre le mur. Le plâtre par terre.

Je ramassai le plâtre et l'examinai. Vers l'intérieur, il était scié du haut en bas. On pouvait y glisser le pied comme dans une botte, avec les orteils nus qui pointaient, et la plante du pied soutenue par un arc en métal. Il y avait des attaches comme celles que l'on met sur les pansements, tout le long de la fente. On n'avait qu'à mettre le pied dans le plâtre, attacher les agrafes, et pan, on avait une cheville cassée.

Et on avait Acey Jones, faisant une bruyante publicité pour le Fonds.

Acey Jones, Carthy-Todd. Les escrocs à la confiance sont les meilleurs acteurs du monde.

Je ne l'entendis pas venir.

Je remis le plâtre par terre, à l'endroit où je l'avais pris, je me relevai et me mis en devoir de refermer la porte du placard, quand je le vis bouger à la limite de mon champ visuel au moment où il entra. En revenant, je n'avais pas refermé la porte derrière moi. Je ne m'étais pas assuré le temps d'agir, en cas de surprise.

Son visage se pétrifia de fureur quand il vit ce que j'avais vu.

— Le pilote intrigant, fit-il. Quand le duc m'a dit qu'il vous avait donné la clé...

Il s'interrompit, la rage l'empêchant de parler. Sa voix était différente, ce n'était plus l'accent d'Eton, ni l'accent australien d'Acey Jones. Ce n'était plus que de l'anglais ordinaire, sans accent spécial. Je me demandai en un éclair d'où il était, qui il était, en réalité... mille personnes différentes, une pour chaque crime.

Sans ciller derrière les lunettes noires, ses yeux gris-bleu me fusillaient. Les bizarres cils blancs que Matthew avait remarqués lui donnaient maintenant un air féroce et fanatique. La décision qu'il allait prendre allait sûrement faire mal.

Il mit vivement la main dans sa poche et l'en ressortit aussitôt. J'entendis un déclic. Je me retrouvai en train de fixer le couteau qui s'était ouvert dans sa main, et pensai avec un frisson d'horreur à Rupert Tyderman dont le cadavre avait dévalé le remblai près de la voie ferrée...

Il fit un pas de côté et ferma la porte d'un coup de pied. Je me tournai vers la cheminée pour prendre ce que je pourrais y trouver... une photo, une boîte à cigarettes... n'importe quoi qui pourrait me servir d'arme ou de bouclier.

Je n'eus même pas le temps de prendre en main quelque chose, car il n'essaya pas de me frapper de son couteau.

Il le lança.

CHAPITRE XV

Il m'atteignit sous l'épaule gauche, et le choc me précipita en avant sur mes jambes qui se dérobaient, de sorte que je heurtai du front le manteau de la cheminée. Perdant conscience, tombant. Je mis une main en avant pour me retenir, mais je ne rencontrai rien, rien que le trou noir du foyer, et je continuai à tomber, m'écrasant contre les chenets de cuivre... le bruit me semblait lointain, puis ce fut le silence.

Je m'éveillai lentement, raide et douloureux, moins d'un quart d'heure après. Tout était silencieux. Pas de bruit. Personne. Rien.

Je ne me rappelais pas où j'étais ni ce qui était arrivé. Puis la douleur qui fulgurait dans mon épaule me ramena à la réalité.

J'avais un couteau planté dans le dos.

Face contre terre dans la cheminée, je tâtonnai bravement dans mon dos, de la main droite. Légers comme des plumes, mes doigts effleurèrent à peine le manche. Je poussai un cri de douleur. C'était affreux.

Les idioties qui peuvent vous traverser l'esprit en pleine catastrophe ! Je pensai : nom de Dieu, j'ai ma visite médicale dans trois semaines ! Je ne la passerai jamais...

Il ne faut jamais retirer un couteau d'une blessure, qu'ils disent. Ça aggrave l'hémorragie. On peut mourir, pour avoir retiré un couteau d'une blessure. Bon... j'oubliai tout ça. Tout ce que je voyais, c'est que Carthy-Todd m'avait laissé pour mort, et que s'il me retrouvait vivant en revenant, il finirait sûrement le boulot. Donc, il fallait que je vide les lieux avant qu'il revienne. Et ça me semblait incongru, vraiment, de me promener dans Warwick avec un couteau dans le dos. Alors, je le retirai.

Je le tirai en deux étapes, et je m'évanouis plus ou moins après chacune. J'essayai de me convaincre que c'était le choc contre le manteau de cheminée, mais je pleurais en même temps. Pas stoïque, Matt Shore.

Quand il fut sorti, je restai un moment allongé, à le regarder, m'agitant faiblement et sentant une chaleur liquide et poisseuse me couler lentement dans le dos, mais quand même rassuré parce que j'étais pratiquement sûr, à ce moment-là, que le couteau ne m'avait pas atteint les poumons. Il avait dû être dévié par l'omoplate : il s'était enfoncé d'une dizaine de centimètres, mais en biais, pas tout droit. Je n'allais pas mourir. Enfin, pas tout de suite.

Au bout d'un moment, je me mis à genoux. Je n'avais pas tellement de temps devant moi. Je mis les deux mains sur le bureau de Carthy-Todd et tirai pour me lever.

Chancelai. Pensai que ce serait pire si je retombais. M'appuyai de la hanche contre le bureau et regardai vaguement autour de moi.

Le tiroir du bas du second classeur était ouvert.

Il n'aurait pas dû l'être. Je l'avais fermé.

Ouvert.

Je me détachai du bureau et tentai quelques pas. Chancelai. Réussis. M'appuyai au mur avec précaution. Baissai les yeux sur le dernier tiroir.

Les deux boîtes en carton y étaient toujours. La boîte en fer aussi, mais pas la boîte pleine.

Je réalisai froidement que l'avenir, ce n'était plus seulement de sauver ma vie en sortant du bureau, mais de sauver celle du duc en arrivant à le rejoindre avant la bombe.

C'était seulement à quatre cents mètres... Seulement...

Il fallait que je réussisse, pensai-je, parce que, si je n'avais pas fouillé le bureau, Carthy-Todd ne serait pas en ce moment en proie à une fureur noire. Si je ne reparaissais pas pour ramener les Whiteknight chez eux, et si je ne reparaissais nulle part, d'ailleurs, sauf dans un fossé, avec un coup de couteau dans le dos, le duc dirait quel était le dernier endroit où j'étais allé... et Carthy-Todd voudrait éviter une enquête policière, comme une limace évite le sel. Il n'attendrait pas d'en arriver là. Il fallait effacer mes traces.

Il y avait quelque chose d'autre qui avait disparu du bureau. Je n'arrivais pas à trouver ce que c'était, mais quelque chose manquait. Ça me turlupina un moment, puis je n'y pensai plus. Ça ne devait pas avoir beaucoup d'importance.

Je marchai avec décision vers la porte. L'ouvris, sortis. M'arrêtai pile en haut de l'escalier, faible et chancelant.

Bon. Il fallait quand même descendre. Il le fallait.

La rampe était du côté gauche. Je ne pouvais pas lever le bras gauche. Je me retournai et descendis à reculons.

— Et voilà, dis-je tout haut. Tu vois bien que tu peux.

Je ne me convainquis pas. Ce qui me convainquit, ce fut de penser à Carthy-Todd.

Je me mis à rire faiblement. J'étais assuré par le Fonds. J'aimerais bien voir Carthy-Todd me payer... mille livres pour un coup de couteau dans le dos. Pas mal.

Dans le soleil, je roulais et tanguais comme une blonde.

Blond. Acey Jones.

Acey Jones était bousculé. Pressé. Sachant que je l'avais découvert, mais croyant toujours qu'il pouvait sauver la situation. Rafler ses deux cent mille livres. S'il dominait ses nerfs. S'il tuait le duc immédiatement, cet après-midi même, en donnant au meurtre l'apparence d'un accident. S'il jetait mon cadavre quelque part, après, comme il l'avait fait pour le major...

Il penserait qu'il pouvait encore réussir. Il ne savait pas que j'avais tout dit à Colin, ne savait pas que Colin savait qu'il était Carthy-Todd...

La rue vide était devenue beaucoup plus longue, depuis le début de l'après-midi. Et elle n'était pas stable. Elle miroitait. Elle ondulait. Et le sol était inégal. Chaque fois que je posais le pied par terre, il en sortait un pavé qui me frappait dans le dos.

Je ne croisai qu'une vieille femme. Elle parlait toute seule. Je réalisai que moi aussi.

A mi-chemin. Je clignai des yeux en direction du parking. Il fallait que j'y arrive. Il le fallait. Et ce n'était pas tout. Il fallait trouver quelqu'un pour aller chercher le duc, pour que je puisse lui expliquer...

Je me sentis tomber et me retins au mur. Ne pas

fermer les yeux... sinon c'était fini... je heurtai rudement le mur et tremblai de la tête aux pieds. Appuyai la tête contre le mur, en essayant de ne pas pleurer. Je n'avais pas le temps. Il fallait continuer.

Je me redressai à moitié. Mes pieds ne sentaient pas exactement à quelle distance se trouvait le sol, et la moitié du temps, je grimpais des marches imaginaires.

Bizarre.

Quelque chose de chaud sur ma main gauche. Je baissai les yeux. La tête me tourna. Du sang me coulait sur les mains, et dégouttait par terre. Je relevai les yeux, vers le champ de courses. La tête recommença à me tourner. Je ne savais pas si c'était le choc, la chaleur ou la perte de sang. Je savais seulement que ça me faisait perdre du temps. Il fallait que j'arrive. Vite.

Pose un pied devant l'autre, me disais-je, et continue comme ça, simplement : un pied devant l'autre. Et tu y arriveras.

Concentre-toi.

Et j'y arrivai. Entrée du parking. Et personne pour la garder. A cette heure de la journée, ils n'attendaient plus de nouveaux clients.

Je poussai un « Oh ! » de déception. Il fallait continuer. Trouver quelqu'un... J'entrai dans le parking. A l'autre bout, il y avait une porte donnant sur le paddock. Des tas de gens, là-bas. Des tas...

Je passai entre les voitures, chancelant, me retenant à elles, sentant mes genoux se dérober, sachant que ma faiblesse gagnait, et me souciant de moins en moins de la douleur fulgurante dans mon épaule. Il fallait trouver quelqu'un. Il le fallait.

Soudain, tout près, quelqu'un m'appela.

— Matt !

Je m'arrêtai. Regardai lentement autour de moi. Midge venait de sortir de l'Aston Martin de Colin, garée au bout de la rangée, et courait vers moi.

— Matt, dit-elle, on vous a cherché partout. Je suis revenue à la voiture parce que j'étais fatiguée. Où étiez-vous ?

D'un geste amical, elle posa la main sur mon bras gauche.

Je dis d'une voix empâtée :

— Ne me... touchez pas.

Elle retira précipitamment sa main.

— Matt !

Elle me regarda avec plus d'attention, puis avec perplexité, puis avec angoisse. Enfin, elle regarda sa main, et, là où elle avait touché ma veste, il y avait de grandes taches rouges.

— C'est du sang, dit-elle d'une voix blanche.

Je hochai faiblement la tête. J'avais la bouche sèche. Je m'affaiblissais.

— Ecoutez... vous connaissez le duc de Wessex ?

— Oui... mais... protesta-t-elle.

— Midge, l'interrompis-je, trouvez-le. Ramenez-le ici... Je sais que ça a l'air idiot... mais quelqu'un cherche à le tuer... avec une bombe.

— Comme Colin ? Mais ce n'était pas...

— Allez le chercher, Midge, dis-je. Je vous en prie.

— Mais je ne peux pas vous laisser !... Pas comme ça.

— Il le faut.

Elle me regarda d'un air dubitatif.

— Faites vite.

— Je vous ramènerai aussi des secours, dit-elle.

Elle tourna légèrement les talons, et, moitié marchant, moitié courant, se dirigea vers le paddock. Je m'appuyai à une belle Jaguar reluisante, me demandant si ce serait difficile d'empêcher Carthy-Todd de placer sa bombe. Cette boîte en fer... elle était assez petite pour tenir dans un étui à jumelles... probablement identique à celle qui avait détruit le Cherokee. L'idée de son pouvoir destructeur m'aurait donné des sueurs froides si je n'avais pas déjà été couvert de sueur.

Pourquoi est-ce qu'ils ne revenaient pas ? J'avais la bouche de plus en plus sèche... Pas un souffle d'air... Je m'agitai d'impatience contre la voiture. Quand j'aurais tout raconté au duc, il faudrait qu'il disparaisse et se mette à l'abri quelque part jusqu'à ce que la commission d'enquête en ait fini avec Carthy-Todd...

Enfin, je les vis, et le chemin du paddock au parking me sembla bien long. Pas seulement Midge et le duc, mais deux autres avec eux. Le jeune Matthew, qui sautillait devant.

Et Nancy.

Par-dessus la mer de voitures, Midge me montrait du doigt. Ils se dirigèrent vers moi, parmi les rangées de véhicules. Quand ils ne furent plus qu'à une vingtaine de mètres, inexplicablement, ils s'arrêtèrent.

Avancez ! pensai-je. Avancez, pour l'amour du Ciel !

Au prix d'un effort surhumain, je me redressai, et fis quelques pas vers eux. Sur ma gauche, à six voitures de là, se trouvait ce qui, de toute évidence, était la Rolls du duc. Sur le capot, il y avait une boîte en fer, rouge et or. Matthew la montrait du doigt, et voulait aller la chercher, tandis que Midge disait d'un ton pressant :

— Non, venez, Matt a dit de faire vite, et il saigne...

Matthew la regarda d'un air inquiet, puis hocha la tête, mais, à la dernière seconde, la tentation fut plus forte, il courut à la voiture, prit la boîte et partit en courant pour rejoindre les autres.

La boîte rouge et or. Contenant des écorces d'orange confites, enrobées de chocolat. Elle était sur le bureau. Et après... elle n'y était plus. Quelque chose manquait. La boîte rouge et or.

Quelque chose manquait sur le bureau de Carthy-Todd.

Mon cœur se mit à battre à grands coups.

Je hurlai, mais ma voix était désespérément faible.

— Matthew, jetez-la-moi !

Il me regarda d'un air dubitatif. Les autres se mirent à traverser les rangées de voitures pour le rejoindre. Ils l'atteindraient avant moi. Ils seraient tous là, Nancy, et Midge, et le duc, et le jeune Matthew, qui savait aussi que j'étais allé au bureau de Carthy-Todd ce jour-là.

Je scrutai désespérément le parking, mais il était là. Il avait posé la boîte sur la voiture, et attendait simplement qu'ils reviennent après les courses. La dernière allait commencer... les chevaux étaient déjà au poteau de départ, et le haut-parleur annonçait : « Attention au starter »... Il savait qu'ils reviendraient bientôt... Il était près des barrières, la tête dépassant et le soleil miroitant sur ses lunettes. Il ne voulait tuer que le duc et le jeune Matthew, mais maintenant, il y avait aussi Nancy et Midge... et il ne savait pas qu'il ne l'emporterait pas en paradis... ne savait pas que Colin savait... et j'étais trop loin pour le lui crier... Je ne pouvais pas crier... à peine parler.

— Matthew, jetez-moi la boîte.

Ce n'était qu'un murmure. Rien de plus.

Je m'ébranlai vers lui, tendant le bras droit. Trébuchant. Chancelant. Je lui fis peur.

Les autres étaient tout près de lui.

Je n'avais plus le temps. Je respirai à fond, me redressai.

— Matthew, dis-je tout haut. C'est une question de vie ou de mort, jetez-moi cette boîte. Jetez maintenant. Tout de suite.

Il était bouleversé, hésitant, inquiet.

Il lança la boîte.

Ça devait prendre plusieurs secondes à Carthy-Todd pour déclencher l'explosion, il n'avait pas l'expérience de Rupert Tyderman. Il ne pourrait pas voir qu'il avait raté son coup avec le duc, et qu'il ne restait plus que moi. Quoi qu'il fasse maintenant, il avait perdu la partie.

La boîte rouge et or flotta vers moi, étincelant comme un petit soleil, et mit une éternité à franchir les cinq mètres qui me séparaient de Matthew. J'étendis le bras droit pour aller à sa rencontre, et quand elle atterrit dans ma main je la lançai derrière moi, aussi loin que je pus, par-dessus les rangées de voitures, parce qu'il y avait un espace libre dans le fond.

La bombe explosa en l'air. Trois secondes après avoir quitté ma main, six secondes celle de Matthew. Six secondes. Les plus longues de ma vie.

La boîte rouge et or se désintégra en une boule de feu crépitante, et le souffle nous précipita à terre, Matthew et moi. Les vitres de la plupart des voitures volèrent en éclats, et les deux Ford qui se trouvaient près de l'explosion furent secouées comme des jouets. Nancy, Midge et le duc, toujours abrités entre deux voitures, chancelèrent et se cramponnèrent les uns aux autres pour ne pas tomber.

On apprit plus tard que, dans les tribunes, personne n'avait rien remarqué. La course avait commencé, et la voix du commentateur tonitruait aux oreilles de chacun, annonçant que Colin Ross était en tête sur le favori à un demi-mille du poteau.

Le jeune Matthew se releva prestement et dit, étonné :

— Qu'est-ce que c'était ?

En quatre enjambées, Midge vint se placer à son côté et lui prit la main.

— C'était une bombe, dit-elle, horrifiée. Comme Matt l'avait dit, c'était une bombe.

J'essayai péniblement de me relever. Bien que, pour l'heure, le duc fût en sécurité, l'argent du Fonds ne l'était pas. Autant essayer de sauver les meubles, pendant que j'y étais.

Sur les genoux, je dis à Matthew :

— Est-ce que vous apercevez Carthy-Todd quelque part ? C'était sa boîte... sa bombe...

— Carthy-Todd ? répéta le duc d'un air absent. Mais non. Impossible. Il ne ferait jamais une chose comme cela.

— C'est pourtant lui, dis-je.

Ma tentative pour me relever était un échec complet. Je n'avais presque plus de force. Un bras énergique se glissa sous mon aisselle droite, pour m'aider. Une voix douce et calme me dit à l'oreille :

— Il vaudrait peut-être mieux que vous vous allongiez.

— Nancy...

— Qu'est-ce que vous avez fait pour vous mettre dans cet état ?

— Carthy-Todd... avait un couteau...

— Le voilà ! hurla soudain Matthew. Là-bas.

Je chancelai sur mes pieds. Regardai dans la direction que montrait Matthew. Carthy-Todd courait entre les voitures. Nancy regarda aussi.

— Mais..., dit-elle d'un ton incrédule, c'est l'homme que j'ai vu avec le major Tyderman. J'en jurerais.

— Vous ne croyez pas si bien dire, répliquai-je.

— Il court pour s'échapper, cria Matthew. Arrêtons-le.

Pour lui, c'était presque un jeu, mais son enthousiasme se communiqua à plusieurs autres turfistes, mécontents d'avoir retrouvé toutes leurs vitres brisées.

— Arrêtez-le ! cria quelqu'un. Là ! Par là ! Arrêtez-le !

Désespérément faible, je m'appuyai contre une voiture et regardai vaguement la poursuite. Carthy-Todd aperçut les gens, qui, en nombre croissant, convergeaient sur lui. Hésita. Changea sa trajectoire. Revint sur ses pas. S'élança vers le seul espace libre qu'il voyait devant lui. La pelouse derrière lui. La piste elle-même.

— Pas ça... dis-je.

Ce n'était qu'un souffle, et, même si j'avais eu un micro, il ne m'aurait pas entendu.

— Oh, mon Dieu ! dit Nancy à côté de moi. Oh, non !

Quand Carthy-Todd vit le danger, il était trop tard. Il traversait aveuglément la piste, en surveillant pardessus son épaule la troupe qui le poursuivait, et qui, soudain, s'était arrêtée pile, horrifiée.

Il se jeta droit dans les pattes du peloton des trois

ans, dans le dernier tournant avant la ligne droite finale.

Trop près les uns des autres, ils n'avaient aucune chance de l'éviter. Il tomba sous les sabots comme un chiffon dans un engrenage, et une seconde plus tard, la ligne de chevaux lancés à pleine vitesse ne fut plus qu'un chaos indescriptible... s'abattant à cinquante à l'heure, dans un grand tournoiement de pattes... les jockeys heurtant le sol, et restant à terre, comme de grosses taches de couleur... amas gémissant sur le vert éclatant de l'herbe... et les retardataires, les contournant, à la dernière seconde, regardant par-dessus leur épaule, s'élancèrent vers le poteau d'arrivée, arrivée que personne ne regarda.

Nancy dit avec angoisse :

— Colin !

Elle courut vers la barrière. La casaque rose et blanc était toujours à terre, roulée en une boule protectrice. Je la suivis, péniblement, un pied devant l'autre, sentant que je ne pouvais pas aller plus loin, c'était tout simplement impossible. A une voiture de la barrière, je m'arrêtai. Je me cramponnai au capot, fléchissant. La marée se renversait.

La boule rose et blanc bougea, se déplia, se releva. Le soulagement me fit me sentir encore plus faible. Maintenant, la foule se précipitait sur la piste, courant, criant, cherchant à porter secours... formant écran entre moi et les corps étendus... J'attendis pendant ce qui me sembla une éternité, puis Colin et Nancy reparurent et se dirigèrent vers le parking.

— Seulement étourdi une seconde, l'entendis-je dire à un spectateur qui s'informait.

— Je ne devrais pas y aller...

Mais le spectateur y alla, le visage avide.

Nancy me vit, me fit signe de la main, puis se baissa avec Colin pour passer sous la barrière.

— Il est mort, dit-elle brusquement.

Elle avait l'air prête à se trouver mal.

— Cet homme... il... c'était Acey Jones... Colin dit que vous saviez... ses cheveux étaient sur l'herbe... c'était une perruque... sa tête était chauve, et il avait quelques cheveux presque blancs... et on voyait la ligne du fond de teint... et la moustache noire...

Elle avait les yeux dilatés d'horreur.

— N'y pense pas, dit Colin.

Il me regarda.

— Elle n'aurait pas dû venir...

— Il le fallait... tu étais par terre ! protesta-t-elle.

Il continua à me regarder. Son expression changea. Il dit :

— Nancy m'a dit que vous étiez blessé, mais elle ne m'a pas dit... que c'était aussi grave.

Il se tourna brusquement vers Nancy et dit :

— Va chercher un docteur.

— J'ai déjà essayé, expliqua-t-elle. Mais il a dit qu'il était de service et qu'il ne pouvait pas voir Matt avant la fin des courses, au cas où on aurait besoin de lui...

Sa voix mourut, et elle regarda vers la piste.

— Il va venir... pour ces deux jockeys...

Son regard se reporta sur Colin, soudain angoissé.

— Midge m'a dit que Matt s'était coupé au bras... C'est plus grave ?...

— Je vais le chercher, dit Colin d'un air sombre, et il partit en courant vers le champ de bataille.

Nancy me regarda avec tant d'angoisse dans les yeux que je souris.

— Pas aussi grave que tout ça, dis-je.

— Mais vous marchiez... vous avez jeté la bombe avec tant de force... je n'ai pas réalisé... Vous avez l'air vraiment mal en point.

Le duc, le jeune Matthew et Midge émergèrent du néant. Je ne les avais pas vus venir. Je voyais de plus en plus trouble.

Le duc était bouleversé.

— Mon ami, répétait-il sans cesse. Mon cher ami...

— Comment saviez-vous que c'était une bombe ? demanda Matthew.

— Comme ça.

— Vous avez drôlement bien lancé.

— Il nous a sauvé la vie, dit le duc. Mon cher ami...

Colin était de retour.

— Il vient, dit-il. Immédiatement.

— Il nous a sauvé la vie... répéta le duc. Comment le remercier ?...

Colin le regarda droit dans les yeux.

— Je vais vous le dire, sir. Mettez-le à son compte... ou rachetez Derrydowns... donnez-lui une affaire de taxis aériens, basée près de Newmarket. Il vous fera du bénéfice. Il m'aura pour client, et Annie, et Kenny... et, en fait, toute la ville, parce que le Fonds peut continuer, maintenant, non ?

Il me regarda d'un air interrogateur, et je hochai imperceptiblement la tête.

— Ça coûtera peut-être quelque chose pour le remettre en ordre, dit Colin. Mais votre Fonds peut continuer, sir, et faire tout le bien que vous espériez...

— Une affaire de taxis aériens. Racheter Derrydowns, répéta le duc. Mon cher Colin, quelle merveilleuse idée ! Bien sûr. Mais bien sûr.

J'essayai de dire quelque chose... n'importe quoi... pour le remercier de mettre le monde à mes pieds, avec tant de simplicité... mais je ne pouvais rien dire... je ne pouvais pas articuler un mot. Je sentais mes jambes se dérober sous moi. Je ne pouvais plus rien faire pour les en empêcher. Je me retrouvai à genoux sur l'herbe, me retenant à une poignée de porte. Je ne voulais pas tomber tout à fait. Ça faisait trop mal.

— Matt ! dit Nancy.

Elle était à genoux à côté de moi. Midge aussi. Et Colin.

— Ce n'est pas le moment de mourir, dit Nancy.

Je lui souris. J'avais la tête légère, légère. Souris à Midge. Souris à Colin.

— Vous voulez un pensionnaire ? demandai-je.

— Quand vous voudrez, dit Colin.

— Nancy, dis-je, voulez-vous... voulez-vous... ?

— Idiot, dit-elle. Espèce de grand idiot.

Ma main lâcha la poignée. Colin me rattrapa au moment où je tombai. Tout s'éloigna doucement, et, le temps que je touche terre, je ne sentais plus rien du tout.

Achevé d'imprimer par Elsnerdruck
à Berlin

N° d'édition : 2863
Dépôt légal : mars 1998
Imprimé en Allemagne